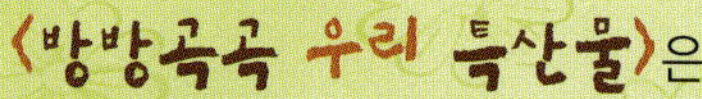

2학년 2학기 바른생활
3. 아름다운 우리나라

3학년 1학기 사회
2. 고장의 자랑 (4) 고장을 대표하는 것
3. 고장의 생활과 변화 (1) 의식주 생활의 변화
                (2) 지혜를 담아 온 생활 도구
                (3) 옛날과 오늘날의 여가 생활
                (4) 고장의 문화유산

3학년 2학기 사회
1. 고장 생활의 중심지 (3) 우리 고장의 이웃 고장

4학년 1학기 사회
1. 우리 지역의 자연환경과 생활 모습
  (1) 우리 지역이 자리 잡은 곳
  (2) 우리 지역의 자연환경
  (3) 우리 지역의 생활 모습
  (4) 우리 지역의 현장 답사

6학년 1학기 사회
1. 우리 국토의 모습과 생활 (3) 지형과 우리 생활
                     (4) 우리나라의 산업과 교통

방방곡곡 우리 특산물

우리누리 글 ● 이종은 그림

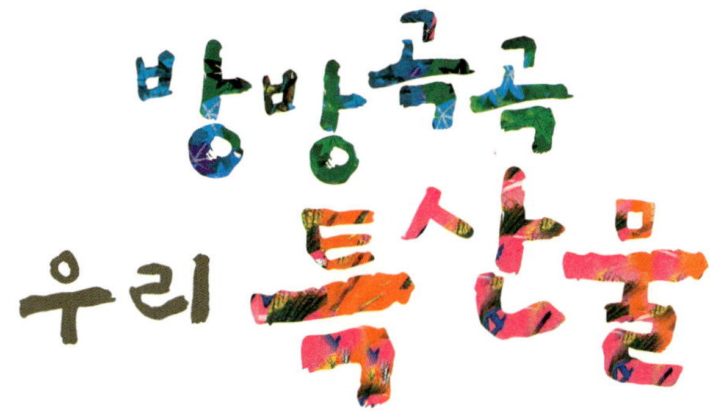

주니어중앙

어린이가 꿈을 키우는 터전

꿈 많은 어린 시절엔 장대한 역사와 위대한 문화유산에 관한
책을 읽는 것이 좋다.
거기에는 어린이가 꿈을 키우는 터전이 있기 때문이다.
감수성 예민한 어린 시절엔 흥미로운 그림을 통하여
재미있게 이야기를 풀어간 책이 좋다.
그것은 시각적 인식을 통해 어린이의 상상력을 자극하기 때문이다.
『오십 빛깔 우리 것 우리 얘기』는 이런 필요조건을 갖춘
고급 어린이 교양도서라 할 만한 것이다.

유홍준
(전 문화재청장, 현 명지대 교수,
『나의 문화유산 답사기』 저자)

이 책을 추천해 주신 선생님들

● 전래놀이, 풍속과 관련된 수업에 활용하고 있습니다. 옛 풍속과 관련해서 요즘에는 잘 사용하지 않는 용어들이 있어서 아이들이 어려워하는데, 이 책에는 사진 자료와 함께 쉽고 정확하게 설명이 되어 있어 아이들이 이해하기 쉽게 되어 있습니다.
　　　— 손영수 선생님(가사초등학교)

● 아이들이 우리의 전통문화를 쉽게 접할 수 있도록 도움을 주는 소중한 자료입니다. 우리 학교의 독서 퀴즈 대회에서 매년 사용하는 책이랍니다.
　　　— 성주영 선생님(도당초등학교)

● 우리의 옛 풍습과 문화, 관혼상제 등에 대해 자세히 설명되어 있어 수업을 하기 전에 미리 읽어 오라고 하는 도서입니다.
　　　— 전은경 선생님(용산초등학교)

● 우리의 문화와 역사를 초등학생들이 이해하기 쉽도록 재미있는 옛이야기로 풀어낸 점이 가장 마음에 듭니다. 초등 교과와 연계된 부분이 많아 학교 수업에 많이 활용하는 도서입니다.
　　　— 한유자 선생님(삼일초등학교)

김임숙 선생님(팔달초)	조윤미 선생님(화양초)	이경혜 선생님(군포초)	염효경 선생님(지동초)
오재민 선생님(조원초)	박연희 선생님(우이초)	박혜미 선생님(대평중)	이진희 선생님(수일초)
최정희 선생님(온곡초)	정경순 선생님(시흥초)	박현숙 선생님(중흥초)	김정남 선생님(외동초)
이광란 선생님(고리울초)	김명순 선생님(오목초)	신지연 선생님(개포초)	심선희 선생님(상원초)
문수진 선생님(덕산초)	정지은 선생님(세검정초)	정선정 선생님(백봉초)	김미란 선생님(둔전초)
김미정 선생님(청덕초)	조정신 선생님(서신초)	김경아 선생님(서림초)	김란희 선생님(유덕초)
정상각 선생님(대선초)	서흥희 선생님(수일중)	윤란희 선생님(안산시근로자시민문화센터어린이도서관)	

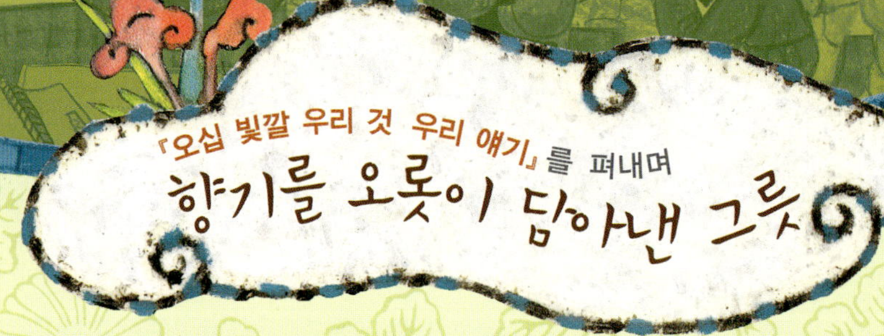

향기를 오롯이 담아낸 그릇

『오십 빛깔 우리 것 우리 얘기』 시리즈가 처음 출간된 지 어느덧 16년이 되었습니다. 그동안 수많은 어린이와 부모님, 그리고 선생님들의 사랑을 받으며 전 50권이 완간되었고, 어린이 옛이야기 분야의 고전(古典)이자 스테디셀러로 굳건히 자리매김해 왔습니다.

이 시리즈는 '소중히 지켜야 할 우리 것'에 대한 이야기를 어린이를 위해 '쉽고 재미있게' 풀어쓴 책입니다. 내용으로는 선조들의 생활과 풍습 이야기, 문화재와 발명품 이야기, 인물과 과학기술·예술작품 이야기, 팔도강산과 고유 동식물 이야기 등 우리나라 역사와 전통문화 모든 영역을 총망라하고 있습니다. 그리고 이를 50가지 주제로 엮어 저학년 어린이도 얼마든지 볼 수 있도록 맛깔나는 옛이야기로 담아냈습니다. 장대한 역사와 위대한 문화유산을 배우기에 옛이야기만큼 좋은 형식도 없기 때문입니다.

대한민국 국민으로서 알아야 하고 전해야 할 우리 것, 우리 얘기는 아주 많습니다. 그동안 이 시리즈를 통해 많은 어린이가 우리 것을 알게 되고, 우리 얘기를 사랑하게 되었을 것입니다. 시간이 흘러도 역사와 전통문화의 향기는 변하지 않기 때문입니다.

하지만 저희는 그 향기를 담아내는 그릇이 그간 색이 바래고 빛을 잃었다는 사실에 가슴이 아프고 안타까웠습니다. 그래서 책에서 전하는 우리 것의 향기를 오롯이 담아낼 수 있는 새로운 그릇을 찾고자 하였습니다. 그 그릇을 통해 향기가 더욱 그윽해지고 멀리까지 퍼져서 수백 년, 수천 년 전의 우리 것이 오늘날에도 살아 숨 쉴 수 있도록 생명력을 주고자 하였습니다.

이에 몇 가지 원칙을 가지고 『오십 빛깔 우리 것 우리 얘기』 시리즈를 새롭게 출간하게 되었습니다.

◎ 원작이 가지는 옛이야기의 맛과 멋을 그대로 살렸습니다.

◎ 요즘 독자들의 감각에 맞추어 디자인과 그림을 50권 전권 전면 개정하였습니다.

◎ 교과 학습의 길잡이가 될 수 있도록 연계 교과를 표시하였습니다.

◎ 학습정보 코너는 유익함과 재미를 함께 줄 수 있도록 4컷 만화, 생생 인터뷰,
   묻고 답하기 등으로 내용을 재구성하였고, 최신 정보와 사진을 수록하였습니다.

◎ 도표, 연표, 역사신문, 체험학습 등으로 권말부록을 풍성하게 꾸며서
   관련 교과 학습을 강화하였습니다.

이 책을 처음 읽었을 8살 꼬마 독자는 지금쯤 나라와 민족에 긍지를 가진 25살 자랑스러운 대한민국 청년이 되었을 것입니다. 그 청년이 부모가 되어서도 자녀에게 다시 권할 수 있는 그런 책이 되기를 바라며, 이 시리즈를 오십 빛깔 그릇에 정성껏 담아 내어놓습니다.

주니어중앙

각 지방의 역사를 고스란히 담은 우리 특산물

여러분은 여행을 좋아하나요? 산과 들, 바다가 있는 지방 곳곳으로 여행을 떠나면 그곳만의 멋지고 아름다운 풍경을 구경할 수 있어요. 어디 그뿐인가요? 그 지방에서 나는 유명한 생산물을 만나는 재미도 빼 놓을 수 없지요.

"영광에 왔으니 굴비를 사 가야겠다."

"역시 강화도 화문석이 최고야!"

이렇게 각 지역마다 특별히 많이 나는 생산물을 '특산물'이라고 불러요. 제주도의 감귤, 울릉도의 오징어, 보성의 녹차, 한산의 모시 등 지역 이름만 들어도 금방 떠오르는 유명한 특산물이지요.

그런데 각 지방의 특산물은 어떻게 이처럼 유명해진 걸까요? 한 지방의 기후나 여러 환경 조건이 거기서 나는 생산물에 잘 맞기 때문이에요. 그래서 다른 지역에서 나는 것보다 생산물의 품질이 우수하지요. 또 그 지역에서

오랫동안 생산되어 왔기 때문에 그 지방과 조상들의 역사를 보여 주기도 해요. 예를 들어 영광 굴비의 역사는 고려 시대까지 거슬러 올라간답니다. 통영 나전 칠기는 조선 시대 임진왜란을 거치며 탄생했어요. 또 안성 유기는 '안성맞춤'이라는 말을 만들었지요.

특산물들은 각 지방에서 우리 조상들과 함께 지내 오며 재미난 이야기도 많이 남겼어요. 그럼 이제 특산물 속에 숨겨진 이야기를 찾아 여행을 떠나 볼까요? 전국 곳곳에 숨겨져 있는 우리 조상들의 지혜와 전통문화까지 만나 볼 수 있을 거예요.

어린이의 벗 우리누리

차 례

소매 속에 감춘 새콤달콤한 맛
제주도 감귤

조선 시대의 일이에요.

"오늘 밤은 어째 잠이 오지 않는구나. 성희안과 함께 술이나 한 잔 해야겠다."

임금인 성종은 어느 날 밤 잠이 오지 않아 성희안을 불러 술자리를 마련했어요. 성희안은 성종이 무척 아끼는 관리였지요.

"그대와 함께하는 술자리라 안주를 특별히 준비하라고 하였소."

성종의 말을 듣고 술상을 본 성희안은 깜짝 놀랐어요.

'앗, 감귤이다!'

성희안은 금세 입안에 침이 가득 고였어요. 새콤달콤한 감귤의

맛은 당시 아무나 맛볼 수 있는 것이 아니었거든요.

'이렇게 귀하고 맛있는 감귤을 먹게 되다니……. 어머니께서도 함께 드실 수 있으면 얼마나 좋을까?'

감귤을 앞에 둔 성희안의 머릿속에는 늙은 어머니 생각이 떠나지 않았어요.

'그래, 감귤을 몰래 몇 개만 가져가야겠다.'

고민 끝에 성희안은 감귤 몇 개를 몰래 소맷자락 속에 숨겼어요. 그리고 성종과 성희안은 이런저런 이야기를 나누며 오랫동안 술을 마셨어요. 그러는 사이 두 사람 모두 술에 취하고 말았지요. 성희안은 어찌나 많이 취했는지 임금에게 인사도 제대로 드리지 못할 지경이 되었어요.

"여봐라. 대감이 많이 취했으니 업어다 주도록 하라."

성종은 내관을 시켜 성희안을 업고 가게 했어요.

그런데 내관이 막 성희안을 들쳐 업고 가려고 할 때였어요.

"데굴데굴, 또르르르."

　　성희안의 소매에서 감귤이 굴러 떨어졌어요. 그러자 모두들 입이 떡 벌어졌어요. 임금 앞에서 물건을 훔쳐 가는 것은 목숨을 내놓아야 할 큰 죄였거든요. 하지만 성종은 아무 말도 하지 않았어요. 그리고는 내관에게 성희안을 그냥 업고 가도록 했지요.

　　다음 날이 되었어요. 성종은 내관을 시켜 성희안을 불렀어요. 어젯밤 일이 기억난 성희안은 죄스러운 마음에 임금 앞에서 고개를 들 수가 없었지요.

'그렇게 큰 죄를 지었으니 나는 죽어도 할 말이 없다.'

성희안은 임금의 불호령이 떨어지기만을 기다렸어요.

"자, 대감. 그만 고개를 들고 이것을 받으시오."

성희안은 깜짝 놀라 고개를 들었어요. 성종은 불호령을 내리기는커녕 다정한 목소리로 성희안에게 말을 건넸어요. 성종 앞에는 감귤이 가득 담긴 쟁반도 하나 놓여 있었답니다.

"어젯밤 대감이 감귤을 몰래 가져간 건 늙은 어머니를 위한 것임을 알고 있소. 자, 이것은 내가 직접 주는 것이니 어머니께 가져다 드리도록 하시오."

"전하! 흑흑흑."

성희안은 임금의 넓은 마음에 감동해 눈물을 흘렸어요.

성희안이 겨우 감귤 몇 개 때문에 죽을 뻔했다니 우습다고요? 천만에요. 옛날에는 감귤이 지금처럼 흔하게 먹을 수 있는 과일이 아니었어요.

감귤은 제주도에서만 나오는 특별한 과일인데다 많이 생산되지도 않았지요. 그래서 제주도 사람들은 감귤을 따면 제일 먼저 임금이 있는 궁궐로 올려 보냈어요.

"전하, 탐라에서 새 감귤이 올라왔습니다."

"우선 종묘에 제사부터 올리겠사옵니다."

"전하, 다음 주에 중국에서 오시는 귀한 손님에게 대접할 감귤도 따로 준비해 두었습니다."

'탐라'는 제주도를 가리키던 옛 이름이에요. 이처럼 탐라에서 한양으로 감귤이 올라오면 궁궐에서는 제사를 지낼 때나 중요한 자리에만 내놓았어요. 그만큼 감귤은 귀한 과일이었지요.

하지만 신하들이나 성균관 유생 같은 선비들은 이렇게 귀한 감귤을 맛볼 수 있는 기회가 종종 있었답니다.

임금은 감귤이 올라오면 일부러 과거 시험을 열게 했어요. 시험을 보기 위해 선비들이 시험장에 모이면 감귤을 나누어 주고 시험 볼 주제를 내렸지요.

"말로만 듣던 그 귀한 감귤을 먹어 보게 되다니!"

"오래 기다려야 하는 과거 시험도 한 번 더 볼 수 있으니 정말 좋군."

선비들은 감귤 덕분에 열리는 이 특별한 과거 시험을 무척 좋아했어요. 여기서 1등을 하면 보통 때 과거 급제를 하는 것과 똑같은 자격을 갖게 되었어요. 이처럼 감귤을 나누어 주던 특별한 과거 시험을 '황감제'라고 해요. 황감제에는 귀한 과일이 올라왔을 때 많은 신하들과 함께 나누어 먹으려고 한 임금의 너그러운 마음이 담겨져 있었답니다.

감귤이 우리나라에서 처음으로 재배되기 시작한 것은 언제일까요? 옛 역사책을 살펴보면 백제 문주왕 때에 이미 임금에게 감귤을 바쳤다는 기록이 있어요. 하지만 당시만 해도 아주 귀했던 감귤을 오늘날 쉽게 먹을 수 있는 대중적인 과일로 만들기까지는 많은 노력이 필요했답니다.

지금 우리가 먹는 감귤 품종은 옛날 제주도의 감귤과 같은 종류가 아니에요. 원래 제주도에서 나던 품종은 금귤, 산귤, 유자 등인데 단맛이 떨어지거나 크기가 작고 껍질이 두꺼웠지요. 그래서 사람들은 연구를 거듭하면서 품종을 바꾸어 갔어요. 지금 우리가 먹는 감귤은 중국 온주 지방이 원산지인 '온주 밀감'을 개량한 품종이지요.

불과 수십 년 전까지만 해도 제주도에는 감귤 농사를 짓는 농가가 그다지 많지 않았어요. 일본에서 감귤이 몰래 수입되어 제주도 감귤은 제값을 받을 수가 없었거든요. 나중에 일본에서 귤을 더 이상 수입하지 않으면서 제주도 감귤은 다시 살아났지요.

나라에서도 감귤을 재배하는 농민들에게 지원을 아끼지 않았답니다. 그리고 더 많은 농민들이 감귤을 재배하도록 도움을 주었어요. 그렇게 세월이 흐르자 감귤을 재배하는 농가가 빠르게 늘어나

고, 거두어들이는 감귤의 양도 아주 많아졌어요. 오늘날 우리들이 손쉽게 감귤을 먹을 수 있게 된 것은 이런 노력 덕분이에요.

감귤은 세계 어느 곳에나 자랑스레 내놓아도 될 만큼 영양가가 높고 맛 좋은 과일이에요. 감귤에 듬뿍 들어 있는 비타민 시(C)는 잇몸과 혈관을 튼튼하게 해 주고, 감기를 예방하는 데에도 뛰어난 효과가 있어요. 특히 오늘날 제주도 감귤은 씨가 없고 새콤달콤한 맛이 뛰어나 이웃 다른 나라의 감귤보다 훨씬 인기가 좋답니다.

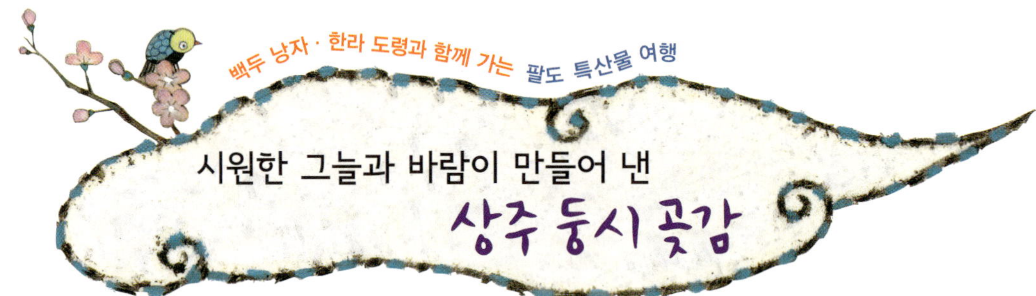

시원한 그늘과 바람이 만들어 낸
상주 둥시 곶감

경상북도 상주에는 유명한 것이 세 가지 있어요. 바로 쌀, 누에고치, 곶감이랍니다. 상주에서는 이 세 가지 특산물을 가리켜 '삼백'이라고 해요. 세 가지 모두 흰색이기 때문에 그렇게 부르지요. 그럼 삼백 중에서도 가장 유명한 곶감을 만나러 떠나 볼까요?

곶감은 검붉은 빛인데 왜 흰색이라고 했을까요?

바로 곶감의 겉에 묻어 있는 하얀 가루 때문이에요. 하얀 가루는 감을 말릴 때 감 속에 들어 있던 당분이 밖으로 나오면서 생긴답니다. 상주 지역에서 나는 감은 '둥시'라는 종류예요. 둥시는 길쭉한 모양에 떫은 맛이 나는데, 곶감으로 만들면 육질이 더 쫀득쫀득해지고 떫은 맛도 사라져요.

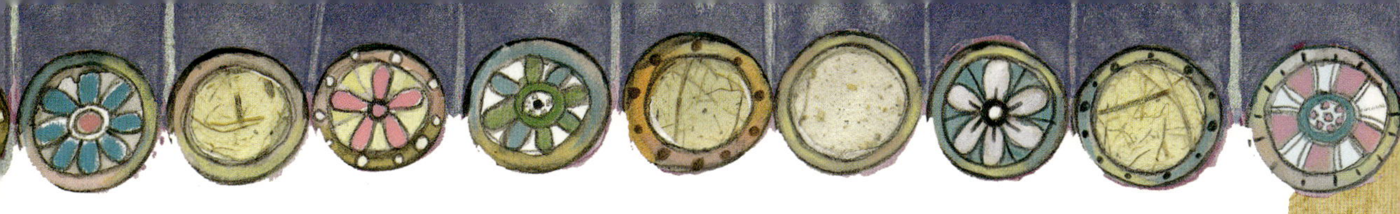

 ### 감은 곶감이 되면 영양가가 더욱 높아진대요!

감은 영양이 풍부하고 맛이 좋은 과일이에요. 하지만 감을 말려 곶감으로 만들면 영양가가 더욱 높아진다고 해요. 곶감이 되면 당분은 4배가 높아지고 비타민 에이(A)는 7배나 많아지지요. 비타민 시(C)도 1.5배나 높아진대요.

 ### 상주 곶감이 유명한 특산물이 된 이유는 무엇일까요?

곶감을 만들려면 감의 껍질을 일일이 벗긴 다음, 가느다란 꼬챙이에 꽂아 시원한 그늘에서 말려야 해요. 이때 북서 계절풍이 잘 불어야 곶감 표면의 수분이 잘 날아가 알맞게 건조가 된답니다. 그런데 상주는 곶감을 가장 맛 좋게 말릴 수 있는 기후 조건을 갖고 있지요. 그래서 상주 곶감이 더욱 유명해진 것이랍니다.

알록달록 고운 색으로 수놓은 돗자리
강화도 화문석

지금으로부터 130여 년 전의 이야기예요. 강화도의 양오리라고 하는 한 작은 마을은 돗자리로 아주 유명했어요. 이곳에서 나는 돗자리는 품질이 매우 좋아 한양의 임금에게 보내질 정도였지요.

그러던 어느 날이었어요. 마을 사람들이 여느 때처럼 한데 모여 돗자리를 짜고 있는데, 임금의 특별 명령이 전해졌어요.

"임금님의 특별 명령이라니, 그게 뭘까요?"

"지난번에 보낸 돗자리가 임금님 마음에 안 드셨나 봐요."

"이러다 모두 곤장을 맞는 건 아닐까요?"

마을 사람들은 임금이 화가 났을지도 모른다는 생각에 덜컥 겁이 났어요. 그런데 임금의 명령은 뜻밖이었어요.

강화도의 돗자리는 여름에 쓰면 아주 시원해 좋다. 그러나 그저 흰색뿐이라 어쩐지 밋밋하고 재미가 없도다. 이번에는 좀 더 특별하고 아름다운 돗자리를 만들어 보도록 하라.

"돗자리를 만드는 왕골이 흰색인데, 어떻게 하지요?"
"이번에는 정말로 곤장을 맞게 생겼구먼."

마을 사람들은 걱정이 태산 같았어요. 한 서방도 이번에는 골똘히 생각에 잠겼어요. 한 서방은 마을 사람들 중에서 돗자리를 만드는 솜씨가 가장 뛰어난 사람이었지요.

'돗자리 안에 봉황 그림이나 좋은 글자를 새긴다면 임금님께서 좋아하실 거야. 거기다가 알록달록하게 색을 덧입힌다면 얼마나 아름다울까?'

그 뒤로 한 서방은 방에 들어가 문도 닫아 걸고 새 돗자리를 만

드는 일에 매달렸어요. 밥을 먹거나 볼일을 보는 것도 잊을 정도
였지요.

그러던 어느 날, 마침내 한 서방네 방문이 활짝 열렸어요.

"만세! 돗자리에 그림을 새겨 넣는 데 성공했어요!"

한 서방은 아름다운 그림이 촘촘히 박힌 새 돗자리를 펼쳐 보였
어요. 돗자리 안에는 고운 물감으로 색칠을 한 것처럼 예쁜 문양
이 다소곳이 새겨져 있었답니다.

한 서방은 한충교라는 사람이에요. 오늘날처럼 화려하고 예쁜
'강화도 화문석'을 처음으로 만들어 낸 사람이지요.

돗자리를 만드는 재료는 '왕골'이라는 식물로 '완초'라고도 불려
요. 그런데 깨끗하고 하얀 왕골은 강화도에서만 났지요. 이 왕골
로 돗자리를 만들면 순백색의 맵시 있는 돗자리가 만들어졌어요.

하지만 화려한 모양이나 색깔을 기대할 수는 없었어요. 그러다
한충교라는 사람이 왕골에 알록달록한 색깔로 염색을 하고, 한
올 한 올 문양을 짜 넣는 방법을 개발한 거예요. 오늘날 강화도의
화문석은 이때 만들어진 방법을 그대로 이어 오고 있답니다.

돗자리 안에 알록달록 고운 색상으로 수놓아진 그림을 보고 있
으면 마치 꽃밭에 와 있는 느낌이 들어요. 그래서 이곳 강화도의

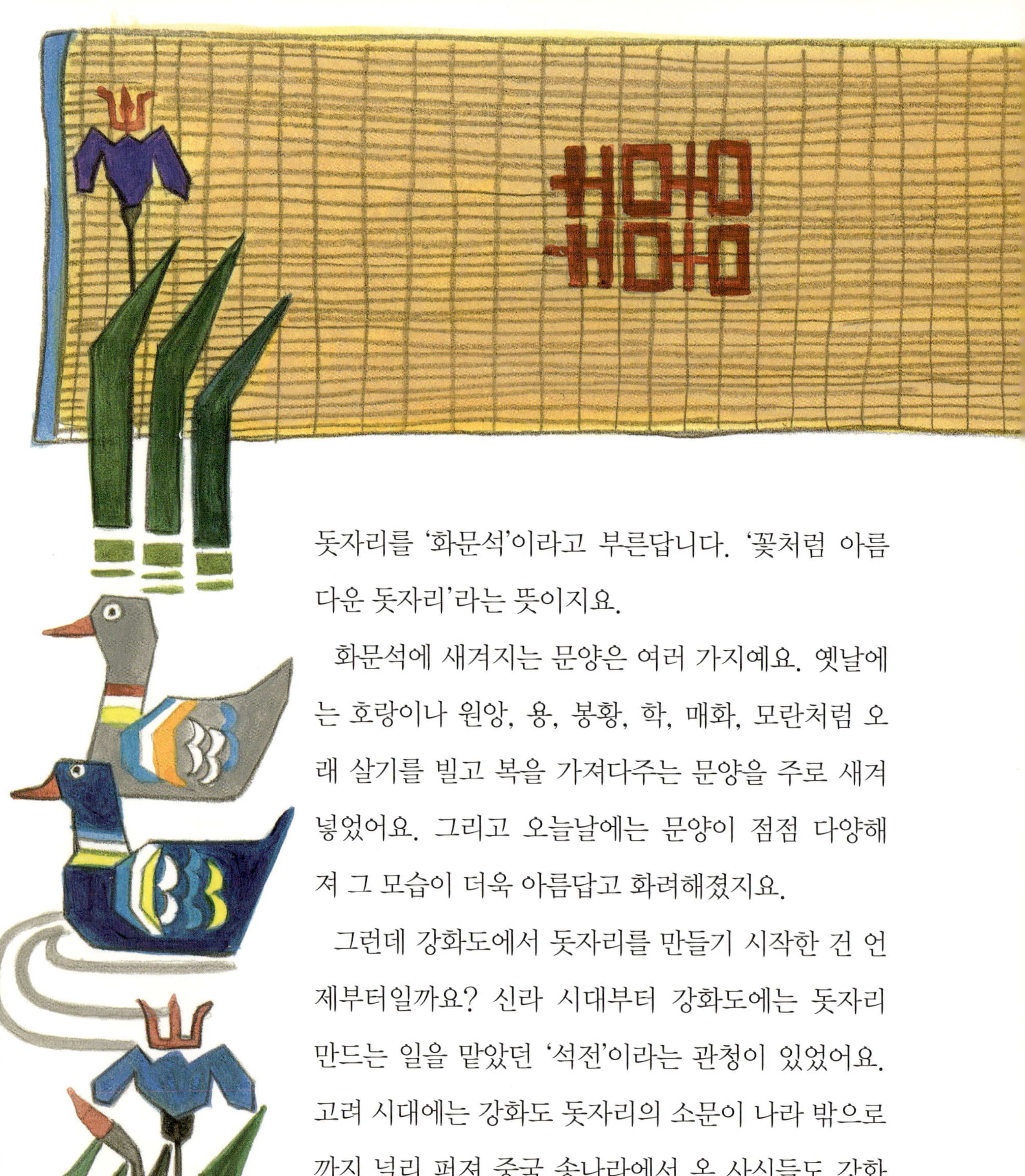

돗자리를 '화문석'이라고 부른답니다. '꽃처럼 아름
다운 돗자리'라는 뜻이지요.

　화문석에 새겨지는 문양은 여러 가지예요. 옛날에
는 호랑이나 원앙, 용, 봉황, 학, 매화, 모란처럼 오
래 살기를 빌고 복을 가져다주는 문양을 주로 새겨
넣었어요. 그리고 오늘날에는 문양이 점점 다양해
져 그 모습이 더욱 아름답고 화려해졌지요.

　그런데 강화도에서 돗자리를 만들기 시작한 건 언
제부터일까요? 신라 시대부터 강화도에는 돗자리
만드는 일을 맡았던 '석전'이라는 관청이 있었어요.
고려 시대에는 강화도 돗자리의 소문이 나라 밖으로
까지 널리 퍼져 중국 송나라에서 온 사신들도 강화

도 돗자리를 칭찬했다고 해요.

"고려에는 두 가지 뛰어난 것이 있소. 하나는 고려 인삼이고, 다른 하나는 강화도 돗자리요."

조선 시대에는 강화도 화문석을 중국이나 일본으로 많이 수출했어요. 일제 강점기에 우리 민족의 것이라면 뭐든 없애려 했던 일본 사람들도 강화도 화문석에는 마음을 빼앗겼어요.

"강화도 화문석은 단연 으뜸이다. 더 많이 만들어 내는 방법을 찾아보아라!"

강화도 화문석이 이처럼 많은 사람들의 사랑을 받을 수 있었던 건 그 모양새가

아름다운 것은 물론이고, 그 쓰임새 역시 뛰어나기 때문이에요. 화문석 위에 누워 있으면 아무리 무더운 여름에도 끄떡없답니다.

"아! 시원하다. 화문석에서 찬바람이 나오는 것 같네."

"아무리 오래 누워 있어도 땀이 배지 않는걸."

화문석의 재료가 되는 왕골은 습기를 잘 흡수하기 때문에 더운 여름날 누워 있어도 땀이 배지 않아요. 또 표면이 매끄럽고 시원해 더위를 물리치는 데에는 안성맞춤이지요. 선풍기도 없고 에어컨도 없던 시절, 우리 조상들은 이처럼 더위를 슬기롭게 이겨 냈답니다.

그런데 더욱 신기한 것은 화문석이 여름에만 쓰인 것이 아니라는 거예요. 화문석은 여름철에는 시원하지만 반대로 겨울철에는 찬 기운을 막아 주고 따뜻함을 지켜 주었어요.

"화문석 위에 앉으니 온기가 더 오래가는 것 같아요."

덕분에 화문석은 사계절 내내 사람들의 사랑을 받는 물건으로 자리 잡게 되었답니다.

화문석은 언뜻 보기에도 만들기가 참 어려워 보여요. 실제로 화문석을 만드는 작업은 무척 까다롭고 손이 많이 가지요. 화문석을 만드는 사람들은 잘 자란 왕골을 베는 일에서부터 신경을 썼어요.

"왕골은 맑은 날 새벽에 베어야 해요. 그래야 가장 품질이 좋은 화문석을 만들 수 있어요. 왕골을 베어 내면 묻은 흙과 지저분한 것들은 깨끗하게 씻어 내야 해요. 그러면 탄력이 좋아지고 염색도 잘 되지요."

그 다음으로는 왕골을 사나흘 동안 햇볕에 바짝 말려요. 햇볕에 자연스럽게 색이 바래도록 하는 거예요. 그래야 왕골을 보호하면서 자연스런 색을 얻을 수 있답니다.

　왕골이 잘 마르면 하얗게 바랜 색깔이 나면서 윤기가 흘러요. 그러면 이 왕골을 하루 정도 물에 담가 두었다 다시 말리지요. 그 다음 칼로 속을 훑어 내고 원하는 색깔로 염색을 해요.

　왕골로 돗자리를 짜는 일도 쉽지 않아요. 자리틀에 앉아서 한 올 한 올 손으로 실을 걸어 가면서 짜야 하니까요. 한 사람이 혼자서 화문석 하나를 다 짜려면 꼬박 20일이 걸린다고 해요. 두세 명이 한 조가 되어서 함께 만들어도 일주일이 필요하다니 화문석 만드는 일이 얼마나 까다롭고 손이 많이 가는지 알 수 있겠지요?

　평생 화문석을 만들어 온 어느 장인은 이렇게 말했어요.

　"평생 왕골을 만져 오면서 하루도 손이 성할 날이 없었답니다. 이렇게 고된 일이라 스스로 화문석에 반하지 않았다면 이 일을 계속하지 못했을 거예요."

　매일 힘든 작업 속에서서도 오랫동안 꿋꿋이 화문석을 만들어 온 분들이 있어서 참 다행이에요. 앞으로도 꽃처럼 아름다운 강화도 화문석이 우리나라는 물론 세계 곳곳에 널리 알려질 수 있으면 참 좋겠어요.

한반도의 대밭에서 탄생한
담양 죽세공품

"대가 있는 곳에 사람이 있고 사람이 있는 곳에 대가 있다."

이 멋진 말은 바로 '한반도의 대밭'이라고 불리는 전라남도 담양을 가리키는 말이에요. 담양은 우리나라에서 대나무가 가장 많이 자라는 곳으로, 대나무로 만든 공예품인 죽세공품이 유명해요. 그럼 담양으로 함께 떠나 볼까요?

오랜 역사를 가진 담양 죽세공품에 대해 알아볼까요?

담양에서 대나무로 공예품을 만들기 시작한 것은 약 500여 년 전인 조선 시대부터예요. 또한 이곳에는 예전부터 죽세공품만 사고파는 죽물 시장도 열렸어요. 죽물 시장이 열리는 날이면 바구니와 죽부인 같은 죽세공품을 팔려는 상인들과 사려는 사람들이 수없이 몰려들었답니다.

 **담양에서 나는 죽세공품에는 어떤 종류가 있을까요?**

담양에서 나는 대나무는 튼튼하면서도 탄력이 좋아 이것으로 만드는 담양의 죽세공품은 품질이 뛰어나요.

그중 특히 유명한 것은 참빗과 삿갓이었어요. 참빗은 대나무를 아주 잘게 쪼개어서 촘촘하게 만든 빗을 말해요. 나무로 만든 굵은 빗만 쓰던 여인들은 담양의 참빗을 정말 좋아했어요. 한 번만 스윽 빗어 내려도 머리카락에 붙어 있던 먼지가 말끔하게 떨어졌거든요. 대나무로 만든 삿갓는 여름에 뜨거운 햇볕을 가려 주고 통풍도 잘 되었어요. 또 매우 촘촘해 비가 오는 날에 우산을 대신하기도 했답니다.

지금도 담양에서는 매월 날짜 끝수가 2일과 7일인 날에 죽물 시장이 열려요. 또 해마다 '대나무 축제'를 열어서 담양이 대나무의 고장임을 알리고 있답니다.

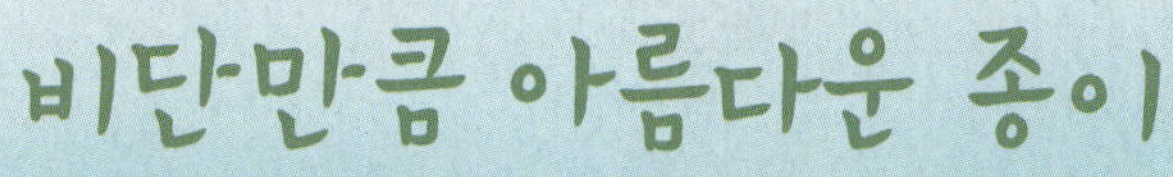

비단만큼 아름다운 종이

괴산 한지

"뚝딱 뚝딱!"

1966년, 경주 불국사에서는 한창 공사가 벌어지고 있었어요. 흐트러져 버린 석가탑을 바로 쌓는 공사였지요.

석가탑은 751년 통일 신라 시대 불국사가 세워질 때 함께 만들어진 탑이에요. 아주 오래 전에 만들어졌지만 오랜 세월 제 모습을 잘 지켜 온 소중한 문화유산이었지요. 그런데 어느 날 문화재를 훔치러 몰래 온 도둑들이 이 탑을 헝클어 놓았어요.

"들키기 전에 어서 도망가자!"

도둑들은 그대로 도망을 치고 말았지요.

"귀한 문화재가 영영 제 모습을 잃기 전에 다시 세웁시다."

나라에서는 소중한 문화재인 석가탑을 복원하기 위해 공사를 시작했어요. 그러던 어느 날이었어요.

"여기 보세요. 탑 안에 무언가가 들어 있어요!"

바로 석가탑의 2층 부분에서 부처님의 사리를 모시는 사각형의 함이 나온 것이었어요.

"이건 사리함이에요. 정말 대단한데요?"

"여기 뭔가 또 있어요! 아주 오래된 문서 같아요."

"이건 종이가 분명해요. 통일 신라 시대에 만들어진 탑에서 나

왔으니, 이 문서는 1,000년도 더 넘었을 거예요. 그런데 이렇게 멀쩡하다니!"

사람들은 모두 벌어진 입을 다물지 못했어요. 석가탑에서 나온 것은 바로 '무구정광대다라니경'이었어요. 무구정광대다라니경은 세계에서 가장 오래된 목판 인쇄물이랍니다. 또한 이것은 세계에서 가장 오래된 종이지요.

통일 신라 시대에 있었던 종이가 1,200여 년이 지난 현재까지 멀쩡하게 제 모습을 지키고 있으니 참 신기한 일이지요?

"종이는 스스로 숨을 쉰다."

"비단은 오백 년을 살고, 종이는 천 년을 산다."

조상들이 오래전부터 우리 종이를 칭찬한 말들이에요. 그만큼 우리 종이는 잘 변하지 않고, 끈질긴 생명력을 가지고 있다는 뜻이지요.

그렇다면 지금 우리들이 쓰는 책과 공책을 만드는 종이도 천 년 동안 변하지 않고 제 모습을 간직할 수 있을까요? 그렇지는 않아요. 우리 조상들이 말했던 종이는 요즘 우리가 쓰는 책과 공책을 만드는 서양의 종이가 아니에요. 우리 조상들이 예부터 만들어 쓰던 종이는 '한지'라는 종이였답니다.

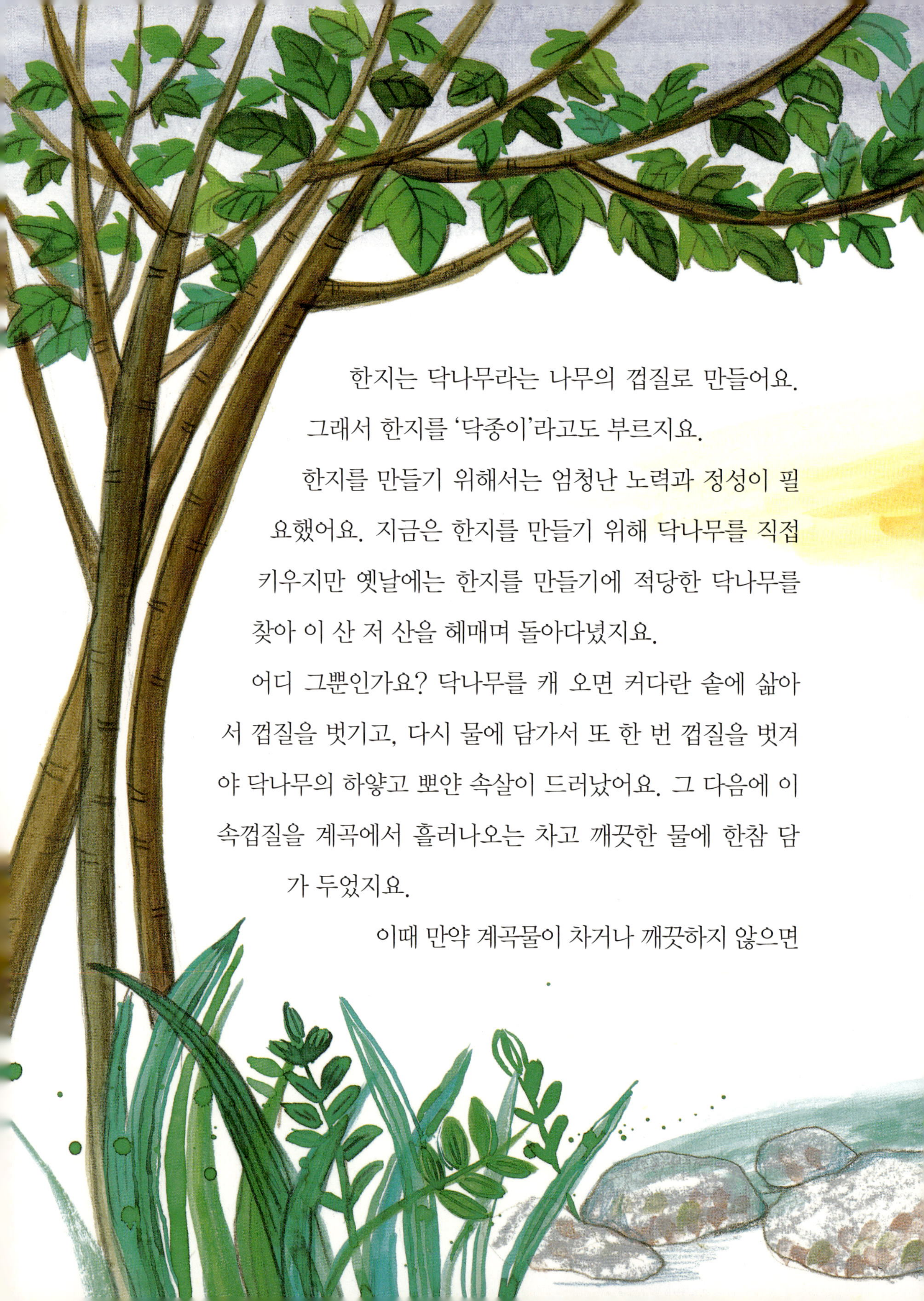

한지는 닥나무라는 나무의 껍질로 만들어요.

그래서 한지를 '닥종이'라고도 부르지요.

한지를 만들기 위해서는 엄청난 노력과 정성이 필요했어요. 지금은 한지를 만들기 위해 닥나무를 직접 키우지만 옛날에는 한지를 만들기에 적당한 닥나무를 찾아 이 산 저 산을 헤매며 돌아다녔지요.

어디 그뿐인가요? 닥나무를 캐 오면 커다란 솥에 삶아서 껍질을 벗기고, 다시 물에 담가서 또 한 번 껍질을 벗겨야 닥나무의 하얗고 뽀얀 속살이 드러났어요. 그 다음에 이 속껍질을 계곡에서 흘러나오는 차고 깨끗한 물에 한참 담가 두었지요.

이때 만약 계곡물이 차거나 깨끗하지 않으면

큰일이었어요.

"어이쿠, 물이 깨끗하지 않았나 보네. 종이 결이 나빠졌어."

"물이 차지 않으니 잘못하다가는 닥을 다 못 쓰게 되겠군."

깨끗하지 않은 물은 종이 질을 떨어뜨렸어요. 또 물의 온도가

높으면 닥의 섬유질이 삭아서 종이를 못 쓰게 되었지요. 그래서

한지를 만드는 사람들은 삶은 닥나무를 담가 둘 차고 맑은 계곡
물을 찾아 여기저기 바쁘게 돌아다녔어요.

　이렇게 계곡에 담가 두어 닥나무 속껍질이 연해지면 참나무 방
망이로 두들겨서 잘게 쪼갰어요. 그리고 나서 '닥풀'이라는 즙을
섞어 주었답니다. 닥풀은 '황촉규'라는 식물의 즙인데 잘게 찢어
진 닥나무 속껍질이 서로 엉기게 하지요.

　그 다음 이것을 틀 안에 넣고 한 장 한 장 떠서 말려야 비로소

한지가 돼요. 어때요? 참 길고 까다로운 작업이지요?

　한지가 1,000년 동안 숨 쉬는 종이가 될 수 있었던 것은 닥풀의 힘이 크답니다. 닥풀의 성질은 중성이에요. 그래서 서양의 종이가 산성을 띄고 있는데 반해 한지는 중성을 띄지요. 서양의 종이는 산성이다 보니 길어야 200년 정도를 버틸 수 있을 뿐이에요. 하지만 중성인 한지는 1,000년이 지나도 썩지 않고 꾸준히 제 모습을 유지할 수 있답니다.

　한지를 보고 있으면 소박하면서도 은근한 아름다움을 느낄 수 있어요. 한지의 아름다움은 예부터 중국에서도 알아주었지요.

　"고려의 종이는 희고 질기며 아주 아름답습니다."

　"글을 쓰면 먹물이 아주 잘 스며들어 좋습니다."

　"중국에는 이렇게 뛰어난 종이가 없소."

　중국 사람들은 우리나라의 한지에 자기 나라의 유명한 비단을 비유하기도 했어요.

　"고려의 종이는 깨끗하고 매끄러운 게 꼭 중국의 비단 같소."

　가장 아름다운 옷감이라는 비단에 비유할 정도였으니 우리 한지가 얼마나 곱고 아름다웠는지 짐작이 되지요?

그런데 앞에서 본 것처럼 한지를 만드는 것은 무척이나 고된 일이었답니다. 그래서 오늘날에는 한지를 만드는 일을 하는 사람들이 그다지 많지 않아요. 그런데 비록 적은 수이기는 하지만 한지의 맥을 꾸준히 이어 가고 있는 곳이 있어요. 바로 충청북도 괴산군에 있는 신풍리라는 마을이에요.

괴산 한지는 우리나라 한지 중에서도 으뜸으로 여겨져요. 그 이유는 바로 이곳이 깊은 산속에 자리 잡고 있고, 맑은 물이 흐르는 곳이기 때문이지요.

괴산의 신풍 한지 마을은 조령산이 지나가는 백두 대간의 줄기에 자리 잡고 있기 때문에 환경이 깨끗하고 주변 경치가 무척 아름다워요. 또 깊은 산속이라 좋은 닥나무를 재배할 수가 있답니다. 게다가 마을에는 오랜 세월 한결같이 솟아 나오는 용천수가 있어요.

"이 물은 신라 시대 때부터 지금까지 솟아 나오고 있어요."

"이렇게 깨끗하고 맑은 물이어야 닥나무를 손질할 수 있지요."

신풍 한지 마을 사람들은 이 마을이 한지를 만들 수 있게끔 하늘이 내린 곳이라고 믿어요.

　이런 좋은 환경에서 만들어지는 괴산 한지는 질감이 좋고 색상도 참 아름다워요. 그리고 요즘에는 노르스름한 하얀빛을 내는 원래의 한지는 물론이고, 알록달록 예쁜 색깔의 한지도 많이 만들어 낸답니다. 치자나 쑥, 구기자 등에서 얻어 낸 색으로 한지를 물들이면 고운 색깔이 깃든 색지가 되지요. 이렇게 해 만들어진 한지의 색깔만 해도 100여 가지가 넘는다니 참 대단하지요?

　옛날 고려 한지에 감탄했던 중국 사람들이 지금 괴산 한지를 본다면 이렇게 말할지도 모르겠어요. "괴산 한지는 중국의 비단보다 더 아름답소."라고 말이에요.

건강까지 지켜 주는 아름다운 보석
춘천 옥

예부터 우리 조상들은 옥을 귀한 보석으로 여겼어요. 백제나 신라의 고분 속에서 나오는 유물 중에 옥이 유난히 많은 것도 바로 이 때문이지요. 게다가 옥은 몸에 지니면 건강에 좋다고 해서 지금도 사람들에게 무척 사랑받고 있어요. 그럼 우리나라에서 유일하게 옥이 나는 곳, 춘천으로 함께 떠나 볼까요?

우리나라에서 옥이 나는 곳은 단 한 곳, 춘천뿐이에요!

강원도 춘천시 동면 월곡리에 가면 옥을 캐는 광산이 있어요. 이곳에서 나는 옥이 바로 '춘천 옥'이에요. 춘천 옥은 다른 나라의 옥과 비교해도 최고로 평가

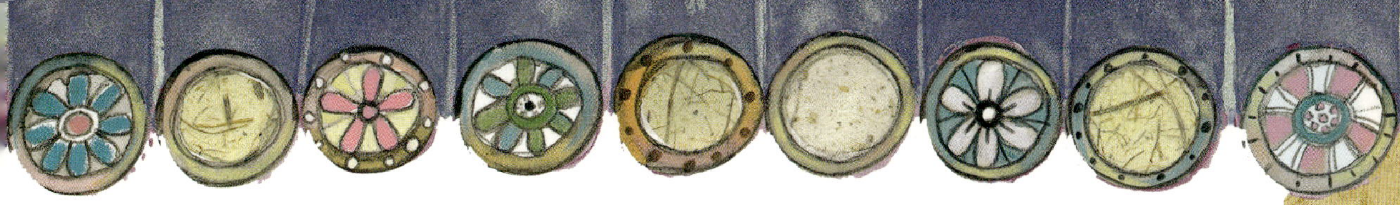

되며 맑은 유백색과 아름다운 광택을 가지고 있어요. 또한 튼튼해서 쇠붙이로 겉면을 긁어도 흠집이 나지 않고 바닥에 떨어뜨려도 깨지지 않는답니다.

이렇게 아름다운 춘천 옥은 중국이나 동남아시아, 오스트레일리아 등에 수출도 하고 있어요.

 **뛰어난 춘천 옥으로 만드는 것에는 무엇이 있을까요?**

춘천 옥은 뛰어난 품질과 아름다움으로 이미 2,000년 전 전에 다 없어졌다는 중국의 신비한 옥에 비유되기도 해요. 반지나 목걸이 등으로 많이 만들어지는 춘천 옥은 세계 보석 애호가들 사이에서도 아름다운 보석으로 소문이 자자하답니다.

게다가 옥은 나쁜 병을 고치고 몸을 건강하게 해 주는 신비한 효과가 있다고 알려졌어요. 그래서 지금은 장신구뿐만 아니라 옥 베개, 옥 침대 같은 제품으로도 만들어져 사람들의 사랑을 받고 있답니다.

귀신도 탐낼 정도로 고운 옷
한산 모시

세모시 옥색 치마 금박 물린 저 댕기가
창공을 차고 나가 구름 속에 나부낀다.
제비도 놀란 양 나래 쉬고 보더라.

'그네'라는 노래의 가사예요. 모시옷을 입고 나풀나풀 그네를 뛰
는 예쁜 처녀의 모습을 그리고 있지요. 날아가던 제비가 그 예쁜
모습을 놀라서 쳐다본다니 표현이 정말 재미있지요? 그만큼 모시
옷을 입은 처녀의 맵시가 아름답다는 뜻일 거예요.
　그럼 도대체 모시가 얼마나 아름다운 옷이길래 날아가던 제비
까지 놀라게 한 것일까요?

모시는 모시풀이라는 식물에서 실을 얻어 만드는 옷감이에요. 무명이나 삼베도 식물에서 얻는 옷감이지만 그중에서도 모시가 으뜸이지요. 모시는 옷감으로 만들어지기까지 손이 아주 많이 가요. 하지만 일단 옷을 지어 놓으면 정말 곱고 예쁘답니다. 그래서 예부터 여인이라면 누구나 한 번쯤은 모시 옷을 입어 보고 싶어 했어요. 하지만 워낙 고급 옷감이라 흔히 입을 수 없는 귀한 옷이기도 했지요.

특히 여름철에는 모시옷보다 더 좋은 옷이 없다고 해도 틀린 말이 아니에요. 모시옷은 바람이 잘 통하고 촉감이 깔깔해서 아주 시원해요. 또 입었는지 벗었는지 모를 정도로 가볍고 산뜻하지요. 하지만 잘 구겨진다는 단점도 있어요.

"모시옷이 구겨지지 않으려면 행동을 조심해야 해."

"이렇게 신경을 쓰고 앉아야 모시옷을 예쁘게 입을 수 있단다."

그 덕분에 모시옷을 입은 여인들은 자기도 모르게 행동이 조심스러워졌어요. 그러다 보니 몸짓이 저절로 우아해졌답니다.

그런데 이렇게 아름다운 모시 중에도 특히 유명한 모시가 있어요. 바로 충청남도 서천군 한산면에서 나는 '세모시'이지요. 세모시라는 말은 '올이 가늘고 고운 모시'라는 뜻이에요. 한산의 세모시는 올이 섬세하고 품질이 아주 뛰어나요. 한산 모시가 어찌나 고운지 이런 속담이 있을 정도랍니다.

'밥그릇 하나에 모시 한 필이 다 들어간다.'

바로 한 필이나 되는 모시가 밥그릇 하나에 다 들어갈 정도로 한산 모시의 결이 곱고 가늘다는 의미예요.

한산에서 모시를 만들기 시작한 것은 신라 시대부터예요. 어느 날 한 노인이 산에 약초를 캐러 갔을 때였어요. 노인은 산속을 돌아다니다가 어느 곳에 이르러 이상하게 생긴 풀을 발견했지요. 풀은 키가 컸는데 줄기가 유난히 깨끗했어요.

"허허, 그 풀 참 희한하게 생겼구나."

노인은 풀을 이리저리 오랫동안 살펴보았어요.

"줄기가 이렇게 깨끗한 풀은 처음인걸."

노인은 이 이상하게 생

긴 풀의 껍질을 살짝 벗겨 보았어요. 그러자 풀의 껍질이 늘씬하게 잘 벗겨지는 게 아니겠어요?

"껍질이 보들보들한 게 무척 좋은데? 실로 만들어 써도 손색이 없겠어."

노인은 이 풀의 껍질에서 실을 뽑아 옷감을 만들었어요. 이것이 바로 한산 모시의 시작이 되었답니다.

한산에서 나는 모시가 특히 더 좋은 이유는 모시풀이 자라는 환경과 관계가 깊어요. 모시풀은 삼베처럼 전국 어디에서나 자라지 않아요. 모시풀은 기온이 많이 내려가면 뿌리가 얼고, 서리에 아주 약해요. 그래서 서리가 늦게 시작되고, 또 빨리 끝나는 따뜻한 지방에서만 자랄 수 있답니다. 하지만 그런 지방 중에서도 바람이 너무 센 곳에서는 잘 자라지 못해요. 줄기가 약해서 바람을 견딜 수가 없거든요.

이렇게 여러 가지 조건을 따져 보면 모시를 만들어 낼 수 있는 곳은 충청도 지역이에요. 그중 한산에서는 오랜 세월 끊이지 않고 모시를 만들어 냈지요.

모시풀이 아름다운 모시가 되려면 어떤 과정을 거칠까요? 먼저 모시풀의 껍질을 훑어서 벗겨야 해요.

‘한산 처녀 모시 훑듯 한다.’는 말을 들어 보았나요? 어떤 사람이 갑자기 도둑을 만나서 옷이며 신발까지 모두 빼앗겨 버렸다고 상상해 봐요. 그때 이 말을 쓸 수 있답니다. 모시풀의 껍질을 훌렁훌렁 훑어 벗기는 일이 무언가를 송두리째 빼앗기는 모습과 닮았다는 거지요. 참 재미있는 생각이지요?

껍질을 벗겼다면 이제는 물에 적셨다 햇볕에 말렸다 하는 과정을 여러 번 반복해야 해요. 몹시 번거로운 과정이지만 여러 번 거듭할수록 질 좋은 모시를 얻을 수 있어요.

그 다음에는 모시의 올을 한 올씩 잘게 쪼개야 해요. 이때 올을 굵게 쪼개느냐 가늘게 쪼개느냐에 따라서도 모시의 품질이 달라진답니다. 한산 세모시처럼 좋은 모시를 얻으려면 올을 되도록 가늘게 쪼개야 해요. 그래서 조선 시대 여인들은 조금이라도 더 고운 모시를 만들기 위해 손톱에서 피가 나도록 모시를 쪼갰대요.

모시의 올이 완성된 다음에는 베틀에 앉아 모시를 짜요. 그런데 여인들은 모시를 짜기 좋은 시원한 계절은 놔두고 날이 무더워지기만을 기다렸어요.

“이제 한여름이 되었으니 본격적으로 모시를 짭시다.”

음력으로 오뉴월이 다 되어서야 여인들은 너도나도 베틀에 앉아

모시를 짜기 시작해요. 하지만 무더운 날씨를 피해 시원한 마루나 방에서 베틀을 돌리는 여인은 단 한 명도 없었답니다. 다들 사방이 꽁꽁 막힌 더운 방에 들어가 모시를 짰지요.

"움집에는 창이 없으니 좋은 모시를 짤 수 있어."

"아이고, 더워라. 올해는 이렇게 더우니 더욱 튼튼한 모시가 만들어지겠지?"

모시는 수분이 많아야 하기 때문에 바람이 잘 통하는 곳에서 모시를 짜면 질 좋은 모시를 얻을 수가 없었어요. 그래서 여인들은 튼튼한 모시를 만들기 위해서 한여름까지 기다렸다가 날씨가 더

워지면 비로소 움집 같은 곳에 들어가 베틀을 돌렸답니다.

좋은 모시를 만들기 위해 이렇게 힘든 과정을 참아 냈다니 우리 조상들은 정말 대단하지요?

좋은 모시를 얻으려는 여인들의 정성을 엿볼 수 있는 것이 또 있어요. 모시 장이 열리는 시간이 바로 새벽이라는 거예요. 한산 모시 장은 지금도 새벽 3시가 되어서야 열려요. 그리고 동이 틀 즈음 장이 끝나지요. 캄캄한 새벽에 장이 열리는 이유는 무엇일까요? 전해 오는 이야기로는 귀신 때문이라고 해요. 한산 모시가 얼마나 예쁜지 예부터 귀신들도 탐을 냈다고 하지요.

"아유, 저 모시옷 좀 봐. 정말 탐나는걸."

"이번에 모시 장이 열리면 나도 가서 하나 입어야지."

밤 귀신과 낮 귀신은 모시 장이 열리기만을 기다렸어요. 그러자 이를 알게 된 사람들은 대책을 세우기 시작했어요.

"모시를 사고팔 때 귀신이 나오면 좋지 않을 거예요."

"맞아요. 부정이 탈 수도 있으니 귀신이 없을 때 장을 열어요."

이렇게 해 사람들은 새벽에 모시 장을 열기로 약속했어요.

"에구, 졸려. 왜 모시 장이 안 열리는 거야. "

밤 귀신은 밤새도록 장이 열리기를 기다리다가 새벽 3시가 다

되어서 할 수 없이 집으로 돌아갔어요. 한편 낮 귀신은 해가 뜰 때까지 정신없이 자고만 있었답니다.

사람들은 새벽에 부지런히 모시를 사고팔았어요. 그러고는 동이 트자마자 모시를 챙겨 집으로 모두 돌아가 버렸지요.

"뭐야, 장이 벌써 끝났잖아. 모시를 입어 보지도 못했는데, 흑흑!"

낮 귀신은 뒤늦게 나왔다가 이미 모시 장이 끝난 것만 보고 돌아가야 했어요.

이처럼 한산 모시 장은 귀한 모시에 부정이 타면 안 된다고 생각해 귀신들이 나오지 못하는 새벽에 열리는 것이라는 이야기가 전해 오지요.

　하지만 진짜 이유는 따로 있어요. 옷으로 만들기 전의 모시는 습기에 무척 민감하다고 해요. 그런데 새벽은 습도가 알맞기 때문에 모시를 사고팔기에 가장 적당한 시간이에요. 그래서 새벽에 장이 열리게 된 것이지요.

　이처럼 좋은 모시를 만들고 지키기 위한 한산 사람들의 마음은 예나 지금이나 한결같답니다. 한산 모시가 유명한 것은 무엇보다도 모시를 아끼고 사랑하는 한산 사람들의 마음이 가득 담겨 있기 때문은 아닐까요?

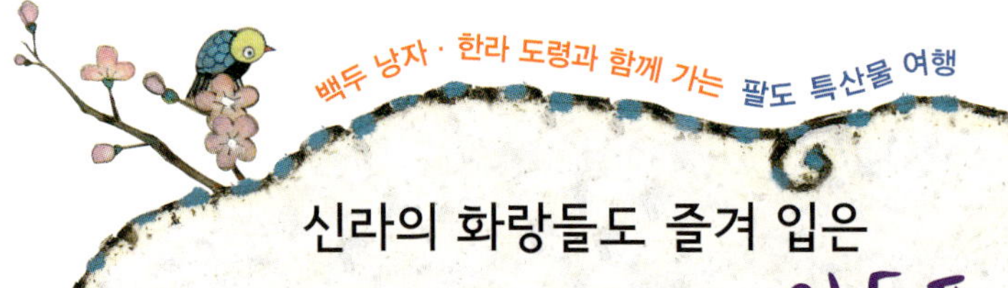

신라의 화랑들도 즐겨 입은
안동포

경상북도 안동은 조선 시대의 전통을 지켜 나가는 지역으로 유명해요. 퇴계 이황처럼 큰 선비가 많이 나온 이곳은 '유학자의 고향'이라고도 불리지요. 또 오래전부터 문화와 교통의 중심지로 안동 소주, 하회탈 등 여러 특산물이 유명해요. 그럼 안동에서 가장 유명한 특산물을 찾아 함께 떠나 볼까요?

안동에서 가장 으뜸으로 치는 특산물인 안동포에 대해 알아볼까요?

안동의 특산물 중 가장 으뜸은 바로 안동포예요. 안동포는 안동에서 나는 삼베를 말하지요. 삼베는 삼이라는 풀의 줄기로 만드는 옷감으로, 바람이 잘 통해 시원하고 땀을 잘 흡수해요. 또 물에 자주 빨아도 잘 헤지지 않는 튼튼한 옷감이라 오랜 세월 사랑받아 왔어요.

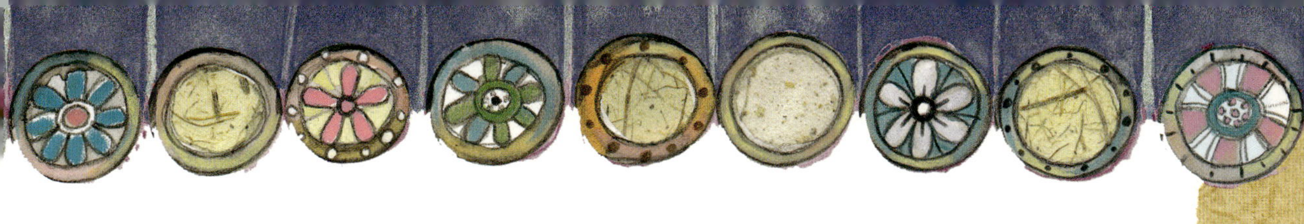

안동 땅은 모래와 찰흙으로 이루어져 있어 이곳에서 나는 삼의 대는 가늘고 마디가 고와요. 그래서 이것으로 만든 옷도 최고였지요.

안동포의 역사는 멀리 신라 시대까지 거슬러 올라가요. 신라 선덕 여왕 때 신라의 여인들은 누가 삼베를 더 잘 짜는지 자주 시합을 했어요. 여인들은 온 힘을 다해 삼베를 짰지요. 그리고 마침내 승패를 가르는 시간이 돌아왔어요.

"안동포의 솜씨가 으뜸입니다. 최고의 삼베는 안동포요!"

안동포는 이런 시합에서도 최고로 인정받았답니다. 또한 신라의 화랑들도 안동포를 즐겨 입었다고 하지요.

안동포는 사람 몸에 있는 6,000개의 마디가 다 움직여야 제대로 짜진다는 말이 있을 정도로 만들기가 아주 힘든 옷감이지만 우리 조상들의 생활과 마음까지 깃들어 있는 안동의 소중한 특산물이에요.

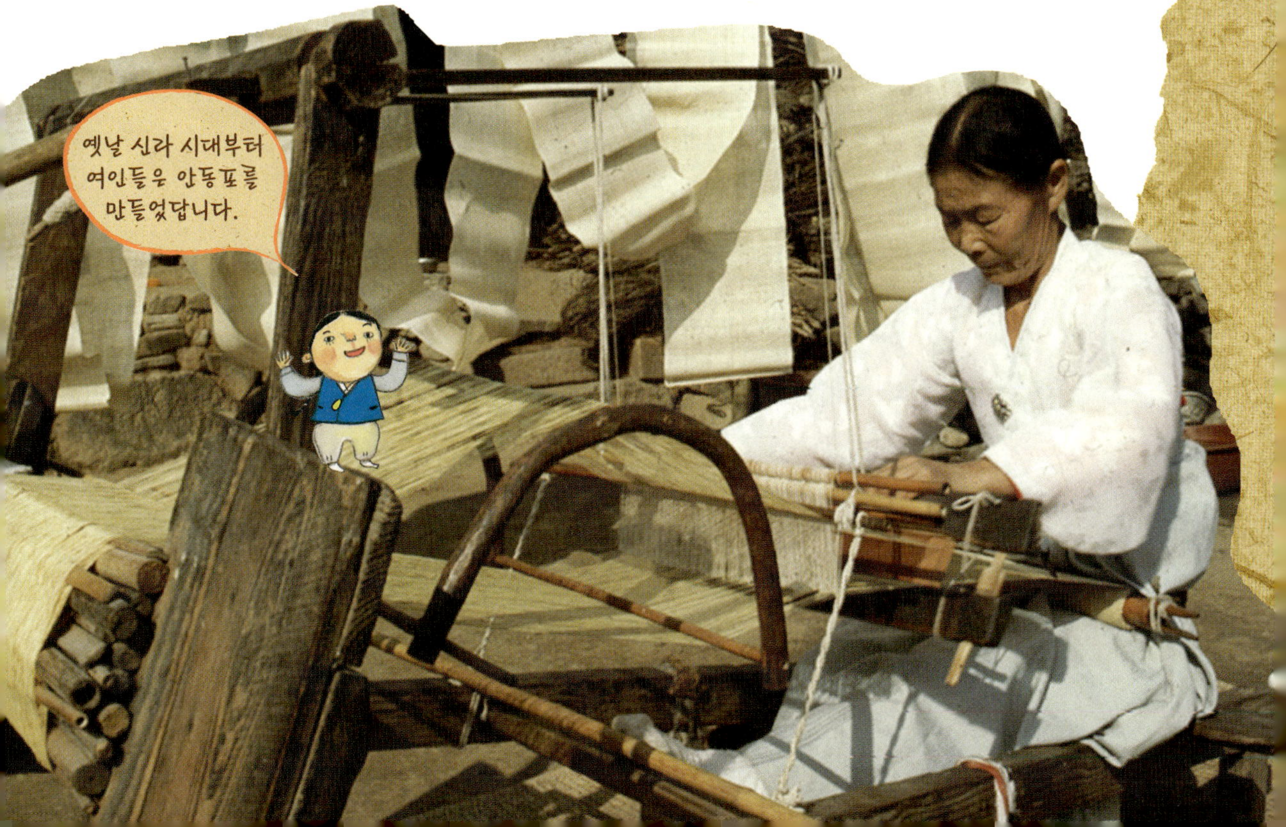

자린고비도 제사상에 올렸던
최고의 생선 영광 굴비

‘굴비’하면 많은 사람들이 떠올리는 재미있는 이야기가 있어요. 여러분도 혹시 알고 있나요? 바로 자린고비 이야기예요.

옛날 충청북도 음성에 조륵이라는 사람이 살았어요. 조륵은 어찌나 구두쇠인지 마을 사람 중에 조륵을 모르는 사람이 없었지요.

조륵은 된장에 앉은 파리 한 마리도 용서하지 않았어요. 된장에 앉았다 가는 파리의 다리에 아까운 된장이 묻을 거라고 생각했거든요. 조륵은 날아가는 파리를 향해 이렇게 외쳤답니다.

“저놈 잡아라. 된장 도둑놈 잡아라!”

하지만 이렇게 인색한 조륵도 조상님께 올리는 제사상에는 비싼 굴비를 올렸답니다. 보통 제사상에는 굴비같이 가장 비싸고 좋은 생선을 올려야 했거든요. 조륵은 장에 가서 제일 짠 굴비를 사 와서는 정성껏 제사를 지냈어요.

제사가 끝나자마자 조륵은 굴비를 천장에 매달았어요. 그리고 가족들 밥상에는 맨밥만 차리게 했지요.

"자, 밥 한 숟가락을 먹고 굴비를 한 번씩 쳐다보도록 해라."

조륵의 가족들은 맨밥 한 숟가락에 굴비를 한 번씩 쳐다보며 밥을 먹었어요. 그러다 가족 중 굴비를 두 번 쳐다보는 사람이 있으면 조륵은 큰소리로 호통을 쳤어요.

"어허! 두 번 쳐다보면 너무 짜다니까!"

천장에 매단 굴비 이야기는 자린고비의 일화 중에서도 가장 유명하답니다. 이 이야기 속의 조륵을 부르던 별명인 자린고비는 지금은 지독할 정도로 인색한 사람을 가리키는 말이 되었지요.

그런데 '자린고비'라는 말은 원래 부모님의 제사 때 쓰는 지방을 태우지 않고 다음 해까지 아껴서 쓰려고 기름에 절여 둔 데에서 온 말이라고 해요. 또 옛이야기 속의 '절인 굴비'가 세월이 흐르면서 '자린고비'라는 말로 변하게 된 것이라고도 하지요.

어쨌든 지독한 구두쇠였던 자린고비도 조상님 제사상에는 굴비를 올렸던 것을 보면 역시 굴비는 예나 지금이나 최고의 생선임에 틀림없어요.

'굴비'는 '조기'라는 생선을 소금에 절여서 만들어요. 이렇게 만들어진 굴비는 짭짤하고 고소해 생선 중에서도 그 맛이 으뜸이지요. 그래서 굴비를 '밥도둑'이라고도 한답니다. 하도 맛있어서 누가 밥을 훔쳐 간 것처럼 뚝딱 먹어 치우게 한다는 뜻이지요.

조기는 한자로 도울 '조' 자에 기운 '기' 자를 써요. 그러니까 기운을 돕는 생선이라는 뜻이에요. 실제로 조기는 입맛이 떨어졌을 때 입맛을 살려 주고 소화가 잘 되게 도와주는 좋은 음식으로 널리 알려져 있어요. 옛날 사람들은 밥에 조기를 넣어서 죽을 쑤기도 했어요. 조기로 만든 죽은 환자나 노인들의 훌륭한 영양식이었답니다.

굴비 중에서도 가장 유명한 것은 바로 전라남도 영광 지방에서 나는 '영광 굴비'예요. 그런데 소금에 절인 조기를 왜 '굴비'라고 부르게 되었을까요? 여기에는 다 이유가 있답니다.

고려 인종 때의 일이에요. 당시 고려 조정에서는 이자겸이라는 사람이 권력을 휘두르고 있었지요.

이자겸은 자기 딸을 임금에게 시집
보내어 임금의 친척이 되었어요. 그
렇게 해서 큰 권력을 얻게 되었지
만 시간이 흐를수록 욕심은 더욱
커져만 갔어요.

"내가 임금이 되면 얼마나 좋을까?
그래, 어쩌면 정말 임금이 될 수 있을
지도 몰라."

이자겸은 임금의 자리를 탐내기 시작했어요. 그러나 이자겸의
권력은 그렇게 오래가지 못했답니다. 같이 손을 잡았던 척준경이
라는 사람이 이자겸을 배신했거든요. 그리고 결국 이자겸은 지금
의 전라남도 영광으로 귀양을 떠나게 되었어요.

이자겸은 영광에서 홀로 쓸쓸한 나날을 보냈어요. 그러던 어느 날이었답니다. 이자겸은 밥상에 올라온 생선을 맛보고는 마음을 온통 빼앗기고 말았어요.

"이렇게 맛있는 생선이 있었다니! 기가 막힌 맛이로다."

이자겸이 맛본 생선은 바로 소금에 절여 말린 조기였어요.

"이렇게 맛 좋은 음식은 원래 임금님이 먼저 드셔야 하는 것인데……."

기가 막히게 맛있는 음식을 먹게 된 이자겸은 자연스레 임금을 떠올렸어요. 바로 그때 좋은 생각이 났어요.

"그래! 이 소금에 절여 말린 조기를 임금님께

바치자. 맛있는 음식을 임금님께 올려서 좋고, 덕분에 임금님이 나를 떠올리시면 또 얼마나 좋은 일인가.”

이자겸은 곧 소금에 절여 말린 조기를 임금이 있는 궁궐로 보내기로 마음먹었어요.

“그런데 혹시 다른 사람들이 내가 죄를 용서받으려고 아부하는 것으로 생각하면 어쩌지?”

이자겸은 생각 끝에 이 조기에 이름을 붙였어요. 그 이름이 바로 ‘굴비’였답니다.

“굴비는 ‘비겁하게 뜻을 굽히지 않겠다.’는 뜻이니까 이 이름을 붙여서 보내면 다른 사람들도 내가 임금님께 아첨한다고 오해하지 않을 거야.”

이렇게 해 이자겸은 ‘굴비’라는 이름을 붙인 이 생선을 임금에게 바쳤어요. 맛있는 굴비는 그 뒤로 임금의 사랑까지 듬뿍 받았지요.

그런데 다른 곳보다 영광의 굴비가 특히 유명한 데에

는 몇 가지 이유가 있어요.

맛있는 굴비를 만들려면 우선 싱싱한 조기가 있어야 하겠지요? 깨끗한 영광 앞바다에서는 싱싱한 참조기를 많이 잡을 수 있어 맛있는 굴비를 많이 생산해 낼 수 있어요.

바람도 중요한 역할을 해요. 소금에 절인 조기를 말리려면 시원한 북서풍이 불어야 하는

데, 영광에 불어오는 북서풍은 조기를 말리기에 안성맞춤이에요.

소금도 빼놓을 수 없어요. 영광에는 법성포와 염산이라는 곳이 있어요. 서해에서 잡은 조기는 먼저 모두 법성포로 옮겨져요. 한편 염산은 소금이 생산되는 곳이에요. 법성포에 조기가 들어오면 염산에서 가져온 소금으로 얼른 조기를 절이지요. 그런 다음 잘 말리면 굴비가 되는 거예요. 또 영광은 항구가 가까워 만들어진 굴비를 전국 곳곳으로 옮기고 파는 일도 수월하답니다.

그러니까 영광은 원재료인 조기, 조기를 말리는 바람, 맛을 내

는 소금, 전국 곳곳으로 팔 수 있는 교통까지 좋은 조건을 모두 갖추고 있는 셈이에요.

해마다 음력 3월부터 5월이면 영광에서는 조기를 말리는 장관이 펼쳐져요. 조기를 한 마리씩 내놓고 말리는 게 아니라 열 마리를 한 두름으로 엮어서 높은 걸대에 걸어 말리거든요.

영광에서 굴비를 만드는 솜씨는 아주 뛰어나서 다른 지방에서는 쉽게 따라 할 수가 없대요. 원래 생선은 내장을 빼내지 않고 말리면 썩기 쉬워요. 하지만 영광에서는 내장이 있는 채로 말리지요. 그런데도 썩기는커녕 오래 두어도 아주 맛이 좋아요. 영광 사람들이 오랜 세월 조기를 말리면서 알게 된 기술 덕분이지요.

굴비는 하루 이틀 말려 뚝딱 만들어지는 것이 아니기 때문에 그

만큼 정성스런 음식이에요.

"굴비를 제대로 만들려면 보름에서 3주는 말려야 해요."

"밤에는 밤이슬을 맞고, 낮에는 바닷바람을 맞다 보면 조금씩 간이 맞게 되지요."

요즘에는 조기를 하루 이틀 말리고는 급하게 파는 곳도 적지 않다고 해요. 하지만 진짜 영광 굴비는 이렇게 오랜 시간 동안 인내와 정성으로 만들어지는 자랑스런 특산물이랍니다.

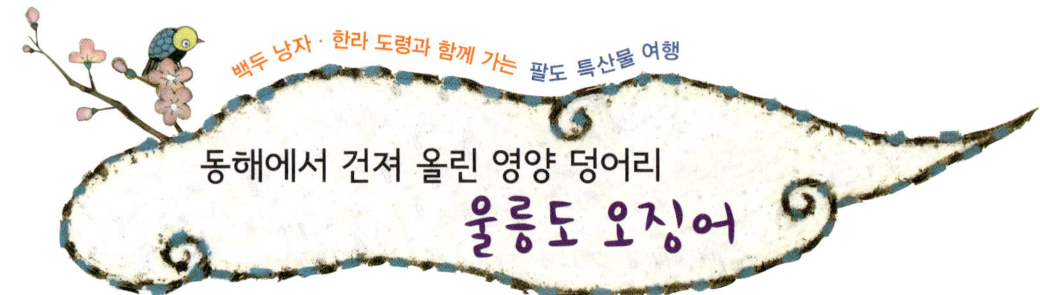

동해에서 건져 올린 영양 덩어리
울릉도 오징어

우리나라 동해에 자리 잡은 울릉도는 오랜 세월 바람과 파도가 깎아 만든 아름다운 경치를 가진 섬으로 유명해요. 그런데 밤이면 낮의 경치만큼이나 아름다운 불빛 축제가 열린다고 해요. 바로 오징어를 잡으러 가는 배들의 불빛이지요. 그럼 우리도 이 불빛을 따라 울릉도로 떠나 볼까요?

울릉도 오징어는 왜 맛이 좋을까요?

울릉도 오징어는 맛이 좋고 영양가가 높기로 유명해요. 울릉도 바다가 맑고 깊다 보니 이곳의 오징어 역시 신선하지요. 오징어는 잡은 지 하루 이틀이 지나면 벌써 향과 맛이 떨어진다고 해요. 그런데 울릉도에서는 가까운 바다에서

오징어를 잡기 때문에 바로 손질해서 말릴 수 있어 맛과 신선도가 그대로 지켜진답니다.

반면 다른 지역에서는 먼 바다에서 오징어를 잡아 오는 동안 냉동을 시켜요. 그래서 오징어의 맛이나 신선도가 떨어질 수밖에 없다고 해요.

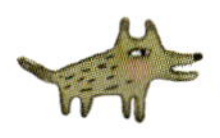 **울릉도의 두 가지 특산물, 오징어와 호박엿에 대해 더 알아볼까요?**

울릉도 오징어는 육질이 두껍고 꼭꼭 씹을수록 단맛이 나는 것이 특징이에요. 또 뒷맛이 고소하며 들어 있는 단백질도 쇠고기의 3배나 된다고 해요.

울릉도의 유명한 특산물로는 호박엿도 있어요. 울릉도는 땅이 비옥해 커다란 호박이 많이 나요. 또 다른 지역 호박보다 품질이 좋고 무척 달콤하지요. 이 호박을 졸이고 고아 만든 호박엿도 울릉도의 유명한 특산물이랍니다.

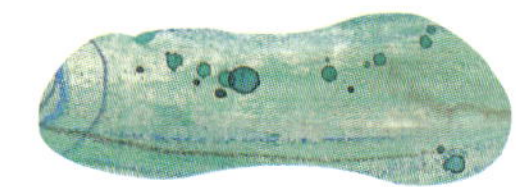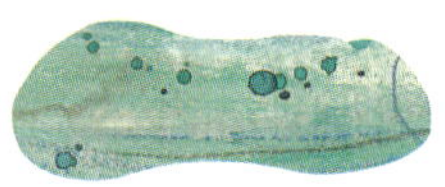

바다에서 건져 올린 영롱한 빛깔의 보석

통영 나전 칠기

지금으로부터 300년 전, 경상남도 통영에서는 임진왜란이
한창이었어요. 배를 타고 조선으로 올라오는 왜구와 조선의 수군
이 통영 바다에서 서로 팽팽히 맞서고 있었지요. 그때 조선의 수
군을 이끌던 장군이 바로 이순신 장군이에요.

"겁먹지 마라! 왜구를 무찔러라!"

장군의 지휘 아래 우리나라 수군은 경상도와 전라도 앞바다를
누비고 다니며 큰 승리를 이끌어 냈어요.

"이순신은 참으로 뛰어난 장군이다. 이순신에게 경상도와 전라

도, 충청도의 수군을 모두 다스릴 수 있는 삼도 수군통제사 자리를 내리노라."

당시 임금이었던 선조는 장군의 공을 칭찬하며 삼도 수군통제사라는 높은 벼슬을 내렸어요. 그리하여 삼도 수군통제사가 머무는 군대인 삼도 수군통제영도 이곳에 자리를 잡게 되었지요.

삼도 수군통제영은 한산도에 세워졌어요. 이곳은 오늘날 통영군 한산면 두억리랍니다.

"이곳에 진을 치고 군대를 키우겠노라."

"무기를 만들고 다듬으라."

"군대가 충분히 먹을 수 있는 쌀도 모아 두어야 한다."

삼도 수군통제영이 세워진 뒤로 이곳의 군사 훈련은 이전보다 더욱 잘 진행되었어요. 그러자 오가는 사람들도 이곳을 다르게 부르게 되었어요.

"오늘 통제영 근처에 다녀올 것이라네."

"아, 통영 말인가?"

그 뒤로 이곳은 '삼도 수군통제영' 중에서 '통제영'의 이름을 따 '통영'이라고 하게 되었어요. 그러니까 통영이라는 이름 속에는 조선 시대 군대의 모습이 남아 있는 것이랍니다.

통영의 유명한 특산물인 '나전 칠기'의 맥이 이어지게 된 건 그 다음부터예요.

시간이 훌쩍 흘러 마침내 임진왜란이 끝났어요. 왜구와의 전쟁이 끝나자 통제영도 안정을 되찾았지요.

"전쟁이 끝났으니 통제영도 이제 한숨 돌리게 되었구나."

"이제는 통제영 안에 열두 개의 공방을 두도록 하겠다."

전쟁이 끝난 다음 나라에서는 통제영에 열두 개의 공방을 차리게 했어요. 그러고는 갖가지 물건을 만들도록 했답니다. 당시 만들던 것은 주로 전쟁에 대비한 무기였어요. 그런데 그 공방 중에는 생활에 필요한 공예품을 만드는 곳도 몇몇 있었어요.

공방에서 물건을 만드는 장인들은 열심히 일했어요. 그렇게 통제영 공방은 조선 시대가 거의 끝날 무렵까지 이어졌지요. 그러던 1895년, 나라에서는 갑자기 통제영을 없애고 말았어요.

"통제영이 없어지니 공방도 곧 사라지겠구나."

통제영 공방에서 평생을 일했던 장인들은 하루아침에 갈 곳을 잃고 말았어요. 장인들은 실망했지만 곧 굳은 결심을 했지요.

"좋다. 혼자서라도 공방을 열고 공예품을 만들겠다."

장인들은 혼자 자기의 공방을 열고 제자를 가르치기 시작했어

요. 나전 칠기 공예는 바로 이 통제영 공방에서 일하던 장인들이 대를 물려 가면서 지금까지 이어 온 것이랍니다.

여러분도 한 번쯤은 나전 칠기를 본 적이 있을 거예요. 나전 칠기는 옻칠을 한 나무 위에 전복, 소라, 조개의 껍질을 붙여서 만든 공예품을 말해요. 오색 빛깔로 찬란하게 빛이 나는 나전 칠기는 무척이나 아름답지요.

우리나라 나전 칠기의 역사는 삼국 시대부터 시작돼요. 나전 칠기는 원래 중국에서 들여온 것이었어요. 하지만 고려 시대부터는 오히려 우리나라 나전 칠기 기술이 중국을 앞질러 중국보다 훨씬 아름다운 작품을 만들어 내게 되었답니다.

"이제는 중국보다 고려의 나전 칠기가 더 아름답지요. 그러니 고려에서 수입을 하는 게 낫겠습니다."

이처럼 중국은 고려에 나전 칠기 기술을 가르쳐 주었지만 나중에는 우리나라의 나전 칠기 제품을 오히려 사 가게 되었어요. 그 뒤로 나전 칠기는 귀족이 주로 쓰는 물건이 되었다고 해요.

나전의 '나'는 '소라'를 가리키는 말이에요. '전'은 '꾸민다'라는 뜻이지요. 그러니까 '나전'은 '소라 등의 조개껍질로 꾸미는 공예'라고 할 수 있어요. 우리나라 말로는 '자개'라고도 한답니다.

역사 속에서 살펴본 것처럼 우리나라에서 나전 칠기가 가장 유명한 곳은 경상남도 통영이에요. 통영은 '한국의 나폴리', '하늘이 내린 청정 해역'이라는 별명으로도 불리지요. 나폴리는 세계에서 가장 아름답기로 손꼽히는 이탈리아의 항구예요. 그런 나폴리 같은 곳이 통영이라니 이곳이 얼마나 아름다운 해안인지 알 수 있겠지요?

통영 앞바다는 우리나라에서 가장 아름다운 뱃길로 손꼽히는 곳이에요. 크고 작은 섬 190여 개가 흩어져 있어 바다 한가운데에 서서 둘러보면 여기가 우리나라인가 싶을 정도로 색다른 아름다움을 보여 준답니다. 통영의 나전 칠기가 유명한 것은 통영이 이처럼 깨끗하고 아름다운 해안을 끼고 있기 때문이기도 해요.

“통영 앞바다에서는 온갖 종류의 조개들이 난답니다.”

“통영 전복의 빛깔을 따라갈 수 있는 것은 그 무엇도 없어요.”

화려하고 눈부신 나전 칠기를 만드는 데 가장 좋은 재료는 전복이에요. 하지만 전복은 워낙 귀한 조개라서 구하기가 어려워요. 그런데 통영 앞바다는 하늘이 내렸다고 할 만큼 맑고 깨끗한 환경을 가지고 있어 전복이 많이 난답니다. 통영에서 나는 전복의 영롱한 빛깔은 비교할 것이 없지요.

통영에서 나전 칠기 공예가 발달한 이유로 또 다른 것도 있어요. 바로 나전 칠기를 만드는 사람의 노력이에요. 나전 칠기를 만드는 사람을 ‘나전장’이라고 하는데, 나라에서는 나전장을 무형문화재로 정한답니다. 매우 어렵고 고된 일인 나전 칠기 공예의

예술성과 역사적인 가치를 크게 평가하기 때문이지요.

"나전 칠기 하나가 완성되려면 25번의 과정을 거쳐야만 해요."

나전장은 나전 칠기 하나를 완성하기 위해 옻칠부터 시작해 자개를 씌우고 광택을 내기까지 수많은 손질을 하며 땀을 흘려요.

옻나무에서 받은 진액을 칠하는 옻칠은 한두 번에 끝나는 작업이 아니에요. 나무에 옻을 칠하면 막이 생기면서 광택이 나고 습기를 일정하게 유지시킨다고 해요. 그래서 아무리 오랫동안 사용해도 잘 변하지 않지요.

750년 정도로 오래된 팔만대장경이 지금까지 썩지 않은 이유도 바로 옻칠을 해 두었기 때문이에요. 그래서 예부터 우리 조상들은 귀한 물건을 만든 다음에는 꼭 옻칠을 했답니다.

뿐만 아니라 자개를 일일이 자르고 옻칠한 나무에 아교라는 풀로 세심하게 붙이는 것도 입이 바싹바싹 마를 정도로 긴장되는 작업이에요. 자개를 붙일 때는 사람의 침을 바르기도 하는데 이것 역시 습기를 일정하게 유지시키기 위해서라고 해요.

그 덕분에 나전장 사이에서는 이런 말도 생겨났어요.

"아교 서 말을 먹어야 나전장이 된다."

그만큼 긴 세월 동안 많은 자개를 붙여야 훌륭한 기술을 익히게 된다는 뜻일 거에요.

나전 칠기를 만드는 일이 이렇게 힘들다 보니 요즘은 통영에서도 나전 칠기의 전통을 이어 가는 장인들이 그리 많지 않다고 해요. 하지만 아직도 전통을 이어 가기 위해 애쓰는 나전장의 손에서는 오늘도 나전 칠기가 만들어지고 있어요. 반짝반짝 특유의 영롱하고 아름다운 빛깔을 뽐내면서 말이에요.

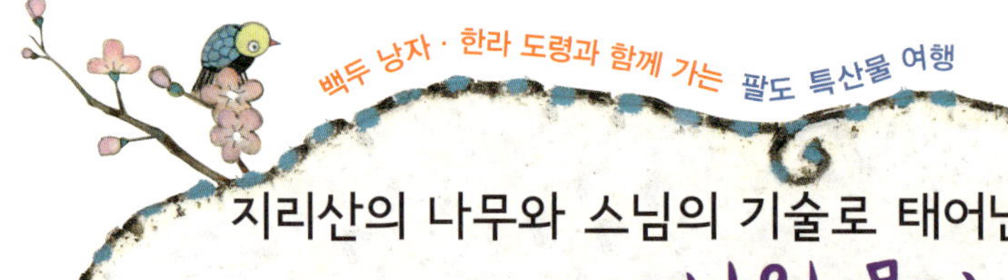

지리산의 나무와 스님의 기술로 태어난
남원 목기

전라북도 남원 하면 먼저 떠오르는 것이 춘향이와 이몽룡이에요. 바로 《춘향전》 이야기의 배경이 된 곳이 남원이거든요. 남원에서는 《춘향전》 만큼이나 유명한 것이 또 있는데 바로 '남원 목기'랍니다. 그럼 나무로 만든 그릇인 목기에 대해서 함께 알아볼까요?

남원에서 목기가 만들어지게 된 이야기를 알아볼까요?

신라 시대 남원에는 실상사라고 하는 오래된 절이 있었어요. 이 절은 아주 커서 지내는 스님만도 모두 3,000명이 넘었지요. 이곳 스님들은 밥그릇이나 생활 도구 등을 모두 나무를 깎아서 만들었어요. 그리고 시간이 흐르면서 스님

들의 기술이 점차 주변 마을 사람들에게도 전해졌어요. 그 뒤로 이곳 마을 사람들은 임금에게 올려질 만큼 뛰어난 목기를 만들어 내게 되었답니다.

 ## 환경 좋은 지리산이 더 좋은 목기를 탄생시켰어요!

　남원은 지리산을 끼고 있어서 질 좋은 나무를 쉽게 구할 수 있어요. 이러한 나무로 만드는 남원 목기는 단단한 데다 우리나라 토종 나무에서 나는 독특한 향을 가지고 있어 자연스레 남원의 특산물이 되었답니다.

　한때 사람들이 플라스틱으로 된 그릇을 많이 쓰면서 목기는 잠시 멀어지기도 했지만 지금은 천연 제품인 목기가 더 좋다는 게 알려지면서 다시 목기의 인기가 높아지고 있답니다. 특히 남원에서 만들어지는 목기는 제사 때 사용하는 그릇인 제기가 가장 유명해요.

입안 가득 부드럽고 달콤한 맛
나주 배

"어디 보자, 어떤 배가 더 좋을까?"

철이와 어머니는 과일 가게 앞에서 한참을 그렇게 서 있었어요.
철이와 어머니는 배를 사러 나왔답니다. 철이의 어머니는 아무것
이나 집어 들지 않고 꼼꼼하게 배를 잘 살펴보았어요. 그러자 철
이가 배 하나를 가리키며 말했어요.

"엄마, 이 배가 맛있을 거 같아요."

"음, 이 배는 껍질이 너무 두껍구나."

어머니는 철이에게 배를 고르는 법을 설명해 주셨어요.

"배는 껍질이 얇은 것이 좋아. 그리고 손으로 들어 보았을 때 묵직하고 큰 것이 달콤하단다. 또 껍질 색이 선명한 갈색인 것이 맛이 좋지."

철이의 어머니는 배의 꼭지 쪽을 코에 대고 향기도 맡았어요.

"좋은 배에서는 좋은 향기가 난단다."

철이의 어머니는 신중히 고른 배들을 골라 바구니에 담았어요. 그러고는 과일 가게 주인 아저씨에게 물었답니다.

"이거 나주 배 맞지요?"

"그럼요. 배는 역시 나주 배가 최고지요."

과일 가게 주인 아저씨는 고개를 끄덕이며 웃었어요.

나주 배의 맛이 뛰어난 것은 예나 지금이나 마찬가지예요. 나주 배는 조선 시대 세종 때부터 임금에게 바치던 특산물이었답니다.

일본이 우리의 많은 것들을 파괴하고 훼손시키던 일제 강점기에 오히려 나주 배는 더욱 이름을 떨치게 되었다고 해요. 그 이야기를

들어 볼까요?

1910년, 마쯔가쯔 이찌로라는 일본 사람은 나주에서 새로운 사실을 알아냈어요.

"나주 땅은 물 빠짐이 좋고 흙에 유기질이 풍부해. 이런 땅에 과일나무를 심으면 아주 좋을 텐데……."

이찌로는 나주의 기후, 강수량 등도 모두 조사했어요.

"일 년 평균 기온이 13도나 되네. 과일이 열리고 자라는 데 아주 좋은 온도야. 비가 내리는 양도 적당한걸."

게다가 이찌로는 8월에서 9월까지 나주에 일조량이 많아서 배가 충분히 잘 익을 수 있다는 사실까지 알아냈어요.

"좋아. 이곳에다 배나무를 심어 보자. 분명히 맛있는 배가 잔뜩 열릴 거야."

그리고 이찌로는 오늘날 전라남도 나주시 금천면 원곡리에 배나무 100그루를 심었어요. 이찌로의 생각은 정말 맞았어요. 이곳의 배나무는 무럭무럭 자라 이내 맛 좋은 배가 주렁주렁 열렸지요.

그리고 1913년 나주시 송월동에 사는 이동규라는 사람이 정식으로 배 과수원을

열어 그 뒤 이 지역에는 배나무를 심는 농가가 점점 더 많아지게 되었어요.

"이렇게 달고 맛있는 배는 전국 어디에도 없을 거예요."

"나주 배를 더 많은 사람들에게 알릴 방법이 없을까요?"

"박람회에 나가 봐요. 거기서 상을 타면 아주 유명해질 거예요."

이렇게 해서 1929년, 나주 사람들은 조선 박람회에 나주 배를 출품했어요. 결과는 예상대로였어요.

"만세! 나주 배가 동상을 받았어요!"

나주 사람들은 모두 만세를 부르며 기뻐했어요. 또 이듬해에는 금상까지 받게 되었답니다. 그러면서 나주 배는 나주하면 가장 먼저 떠오르는 특산물로 자리 잡았어요.

오늘날 전라도를 대표하는 도시는 광주이지만 나주는 예부터 전라도를 대표하는 평야 지대로 유명했어요. 100여년 전까지만 하더라도 전라도 하면 나주를 떠올렸다고 하지요. 땅이 기름지고 그 땅에서 나오는 것이 풍성하다 보니 자연스레 중심지의 역할을 한 거예요. '전

라도'라는 이름 역시 전라북도 전주의 '전'과 전라남도 나주의 '나' 자를 합해서 만들어졌다고 전해진답니다.

나주의 기름진 땅에서는 맛 좋은 것들이 많이 나요. 특히 무, 배추, 당근, 생강 같은 채소와 배, 복숭아, 포도, 사과 같은 과일이 많이 생산되지요. 그중에서도 가장 많은 것이 배예요. 나주 배는 우리나라 배 생산량의 19퍼센트를 차지할 정도랍니다.

특히 나주 배는 입안에 침이 가득 고이게 하는 부드러운 달콤함으로 유명해요. 보통 배도 어느 정도 달콤하기는 하지만 배의 육질이 뻣뻣하고 껄끄럽게 느껴지는 게 대부분이에요. 이처럼 배에서 느껴지는 질긴 맛은 석세포 때문이라고 해요. 그런데 나주 배에는 이러한 석세포가 다른 배보다 훨씬 적게 들어 있어요. 그래서 부드럽고 씹으면 씹을수록 단맛이 더욱 우러나는 거예요.

요즘에는 맛도 맛이지만 배에 좋은 성분이 많이 들어 있다고 해서 배를 찾는 사람들이 점점 늘어나고 있어요.

배에는 소화를 돕고 고기를 부드럽게 만들어 주는 성분이 들어 있어요. 그래서 고깃집에 가면 후식으로 배를 내주기도 해요. 한의학 대학에서 발표한 놀라운 연구 결과도 있지요.

"고기가 타면 암을 일으키는 물질이 생깁니다. 그런데 탄 고기

를 먹고 나서 배를 먹으면 6시간 뒤에 암을 일으키는 물질이 오줌과 함께 몸 밖으로 빠져나간답니다."

이 밖에도 배에는 기침이나 가래를 가라앉게 하고 열을 내리는 효과가 있어 열이 날 때 먹으면 아주 좋아요.

"말라리아나 뎅기열처럼 열이 높아지는 병에 걸렸을 때에는 한국의 배가 최고입니다."

동남아시아 같은 열대나 아열대 지방의 나라에서는 높은 열이 나는 병에 걸렸을 때 우리나라의 배를 먹으면 좋다고 이미 소문이

나 있어요.

　말라리아와 뎅기열은 모두 모기가 옮기는 병으로, 걸리게 되면 40도가 넘는 높은 열이 나요. 그러면 열 때문에 몸에서 수분이 빠져나가고 아무것도 삼킬 수가 없게 되지요. 하지만 높은 열이 날 때 다른 것은 먹기 힘들어도 배는 먹을 수 있다고 해요. 배의 육질이 무르고 시원한 즙이 나오니 삼키기가 쉽거든요. 외국 사람들도 이처럼 우리 배를 높이 평가하면서 희귀한 고급 과일로 여긴다니

참 기쁜 일이지요?

　4월과 10월, 배의 고장 나주를 찾아가면 누구나 배의 향기에 흠뻑 취해 볼 수 있어요. 늦은 4월이 되면 배꽃이 흐드러지게 피어나 장관을 이루거든요. 또 배를 수확하는 철인 10월에는 '배 축제'가 열린답니다. 이 축제를 통해 나주의 특산물이 배라는 것을 널리 알리고 있지요. 여러분도 기회가 된다면 나주로 배 구경을 직접 떠나 보세요.

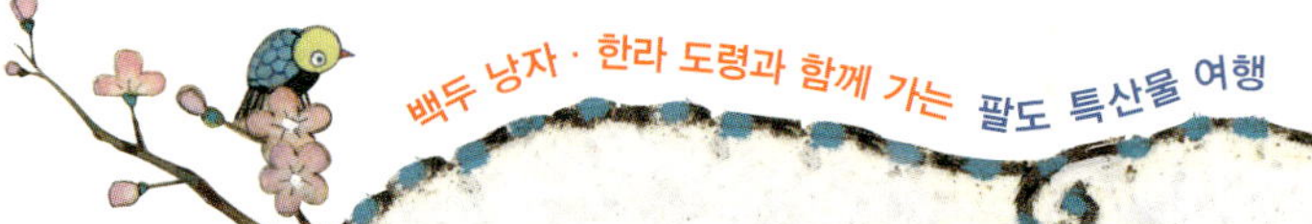

어른도 혼자 들기 어려운 커다란
광주 무등산 수박

수박인데 줄무늬가 없는 수박이 있어요. 또 보통 수박처럼 동그란 모양도 아니랍니다. 타원형에, 한 개의 무게가 20킬로그램이 넘는 어마어마한 크기의 이 수박은 어른도 혼자서 들기 힘들 정도예요. 바로 '광주 무등산 수박'이지요. 이 신기한 수박을 만나러 함께 떠나 볼까요?

모양도 맛도 독특한 무등산 수박을 함께 살펴볼까요?

무등산 수박을 처음 본 사람들은 그 크기와 색깔에 먼저 탄성을 질러요. 그리고 맛을 보면 또 한번 놀라게 되지요. 무등산 수박의 맛은 보통 수박과는 다르게 원시적인 단맛을 가지고 있어요. 입에서 사르르 녹는 달콤하고 시원

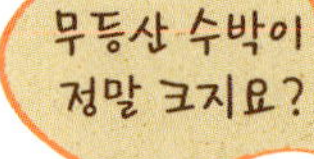

한 맛에 향기도 뛰어나지요. 또 크기가 큰 만큼 껍질의 두께도 다른 수박의 두 배 정도 두꺼워 빨리 무르지 않고 오랫동안 신선하게 먹을 수 있답니다.

 **무등산 수박이 나는 무등산으로 떠나 볼까요?**

무등산 수박은 무등산 서쪽 자락인 광주 북구 충효동과 금곡동 일대에서 재배해요. 300미터가 넘는 고지대에서만 키워 내다 보니 생산량이 많지 않은 귀한 과일이지요. 키우는 과정도 무척 까다로워요. 줄기에 수박이 여러 개 달려 있다가도 그중 하나가 잘 자라기 시작하면 나머지는 시들어 없어지는 특징이 있거든요. 그렇게 키우기가 어렵다 보니 무등산 수박을 재배하는 농가가 점점 줄어들고 있다고 해요.

하지만 무등산 수박은 신선하고 은은한 향기를 기억하는 사람들에게 여전히 꾸준한 사랑을 받고 있는 광주 지역의 특산물이랍니다.

오랜 세월 농부들에게 힘이 되어 준 소
횡성 한우

“이러, 이러.”

김 서방이 커다란 황소를 끌고 가며 큰 소리로 외쳤어요. 황소의 몸에는 쟁기가 매어져 있었지요. 황소는 순한 눈을 꿈벅거리며 김 서방의 말을 잘도 들었어요.

“아이, 착하지. 우리 누렁이.”

김 서방은 황소의 이마를 쓰다듬었어요.

김 서방의 밭은 험한 산비탈에 자리 잡고 있었어요. 돌과 나무뿌리가 많은 이곳 밭을 갈기란 여간 힘든 일이 아니었지요. 하지만 김 서방네 식구들은 걱정

이 없었답니다. 모두 튼튼한 일꾼 황소가 밭 가는 일을 도맡아 해 주는 덕분이었어요.

김 서방네 식구들은 이렇게 고마운 황소를 아주 정성껏 보살피고 사랑했어요. 김 서방네뿐만 아니라 마을 사람들 모두 소를 아꼈지요.

"여보게, 지난 추위에 우리 집 소가 동상에 걸린 것 같아. 무슨 좋은 방법이 없겠나?"

"저런, 쯧쯧. 말 못하는 짐승이 얼마나 괴로웠을고. 내가 지난 단오 때 따 놓은 쑥이 있다네. 그걸로 뜸을 떠 주면 아마 씻은 듯이 나을 걸세."

"콩이랑 보리를 삶아서 듬뿍 먹이게나."

이 마을 사람들은 모두들 소를 끔찍이 여기며 소가 아프기라도 하면 마치 가족이 아픈 것처럼 안타까워했답니다.

김 서방이 살던 마을은 강원도 산골의 '횡성'이라는 곳이에요. 횡성은 모두 산으로 둘러 싸여 있고, 서쪽만 트여 있어요. 그렇게 산이 많다 보니 논이나 밭은 찾아보기가 힘들었어요. 그나마 조금 있는 밭도 산기슭을 갈아 만든 험한 밭뿐이었지요.

이곳이 얼마나 거칠고 험한 땅인지는 신라 시대부터 전해 내려오는 이야기를 들어 보면 잘 알 수 있어요.

횡성 사람들은 비탈지고 험한 밭에 옥수수나 감자를 키우며 살았어요. 그때도 지금과 마찬가지로 땅이 험해 다른 곡식은 키우기가 힘들었지요. 그런데 당시 나라에서는 가을이 되면 세금으로 보리를 거두어 갔어요. 횡성 사람들은 해마다 걱정이 태산 같았지요.

"우리 마을에는 보리를 심을 수도 없는데, 세금으로 보리를 내라고 하니 어찌하면 좋을고."

"다른 마을에 가서 일을 도와주고 보리를 얻는 수밖에

다른 방법이 없네.”

마을 남자들은 보리가 많이 나는 원주나 여주, 이천 같은 곳으로 떠났어요. 그리고 그곳에서 일한 대가로 보리를 얻어 올 수 있었답니다.

그러던 어느 날이었어요. 높은 자리에 있는 한 관리가 우연히 이곳 횡성을 지나가게 되었지요.

“여봐라, 어째서 밭에 남자가 하나도 없고 늙은이와 아낙네만이 일하고 있는 것인가?”

“이곳에서는 세금으로 내야 하는 보리가 나지 않아 이 마을 남자들이 모두 보리를 구하기 위해 다른 마을로 떠났다고 합니다.”

“저런. 앞으로 이곳에서는 세금으로 보리 대신 다른 것을 내도록 하라.”

마을 사람들의 딱한 이야기를 들은 높은 관리는 횡성에서는 세금을 보리로 내지 않아도 된다고 허락했답니다.

횡성은 이처럼 예부터 곡식을 키우고 거두는 일이 어려운 곳이었어요. 게다가 그나마 있는 밭도 비탈지고 험한 곳에 있다 보니 밭일을 하기가 다른 곳보다 훨씬 더 힘들었지요. 이때 농부들에게 힘이 되어 준 것이 바로 소예요.

소는 농부가 일하기 힘든 험한 밭도 거침없이 갈았어요. 소가 큰 쟁기를 끌고 밭에 들어서면 겨우내 단단하게 얼어 있던 땅도 쉽게 갈아엎을 수 있었지요. 그러다 보니 횡성 사람들은 자연스레 소를 자식처럼 무척 중요하게 여겼어요.

이곳 사람들은 소가 병이 나면 외양간 터가 나빠서 그렇다며 외양간의 위치나 방향을 바꾸어 주었어요. 또 먹이를 준비하는 모습을 소가 잘 볼 수 있도록 쇠죽 끓이는 곳도 외양간 가까이 두었지요. 소를 그저 짐승으로만 생각하지 않고 가족으로 여긴 횡성 사람들의 마음이 잘 드러나지요?

이처럼 소를 아끼고 사랑하는 횡성 사람들의 마음은 횡성의 특산물인 '횡성 한우'를 만들어 내기도 했어요. 횡성 한우는 다른 지역에서 나는 소와는 비교할 수 없을 만큼 맛이 좋기로 유명해요.

"횡성 한우를 먹고 나서 다른 쇠고기를 먹으면 싱거워서 먹지 못하겠어요."

횡성 한우를 좋아하는 사람들의 한결같은 이야기예요. 다른 지역에서 나는 쇠고기가 싱겁게 느껴질 정도라니, 횡성 한우의 맛이 정말 특별할 것 같지요?

쇠고기는 맛이 좋고 건강에도 좋은 음식으로 널리 알려져 있어

요. 쇠고기에는 혈액 순환을 돕고 성인병을 예방하는 데 도움을
주는 불포화 지방산이라는 물질이 많이 들어 있어요. 또 곡식에서
는 섭취할 수 없는 아미노산도 풍부하게 들어 있어 고급 단백질

식품으로 꼽히지요.

특히 횡성 한우에는 글루타민산도 많이 들어 있어요. 글루타민산은 고기의 맛을 결정하는 성분이에요. 글루타민산이 많을수록 입에 침이 고이는 감칠맛이 많이 나지요.

횡성 한우가 다른 지역에서 나는 쇠고기와는 다르게 특별히 맛이 더 좋은 이유는 환경의 영향이 커요.

우선 횡성은 해발 100미터에서 800미터까지 산의 높이가 다양해요. 이런 환경에서 자란 소는 운동을 적당하게 할 수 있어서 골

격이 튼튼하고 육질이 좋지요. 또 낮과 밤 사이의 일교차가 큰 것
도 횡성 한우 맛을 특별하게 만들어요.

　횡성은 공기와 물이 좋고 목초나 산야초가 풍부해 볏짚을 얻기
도 쉬워서 소에게 좋은 먹이를 마음껏 먹일 수 있다는 장점도 가
지고 있지요.

    하지만 횡성 한우가 유명해진 데에는 좋은 환경 외에 또 다른 이유가 하나 더 있답니다. 횡성 주민들과 횡성의 관청이 우수한 횡성 한우를 널리 알리는 데 노력했기 때문이에요. 소가 먹는 사료를 연구하고 소의 건강을 체계적으로 살피는 등 소가 쾌적하고 좋은 환경에서 자랄 수 있도록 하는 노력도 게을리 하지 않았어요.

    지금 횡성은 소의 고장답게 5일마다 열리는 횡성 장날에 한우 경매 시장을 크게 열고 있어요. 횡성 장날에는 전국에서 내로라하는 한우들이 모두 횡성에 모인답니다. 또 해마다 '횡성 한우 축제'도 열어 우수한 횡성 한우를 알리기 위해 계속 애쓰고 있답니다.

우리나라 사람의 입맛에 가장 잘 맞는
음성 고추

"아버지는 나귀 타고 장에 가시고, 어머니는 건넛마을 아저씨 댁에. 고추 먹고 맴맴, 달래 먹고 맴맴." 여러분도 이 동요를 잘 알고 있지요? 이 동요의 배경이 된 곳은 충청북도 음성이에요. 이 동요에 나오는 것처럼 음성은 고추로 아주 유명하지요. 그럼 음성으로 함께 가 볼까요?

음성 고추는 우리나라 사람의 입맛에 가장 잘 맞아요!

"음성 사람들은 고추랑 담배만 먹고 산다."고 할 만큼 음성에서는 고추를 많이 길러요. 늦가을이 되면 음성의 마당에는 고추를 말리느라 빈자리가 없을 정도지요. 고추는 일본에서 처음 전해졌는데, 지금은 우리나라에서도 여러 품종이 생겨났어요.

　　그중 음성에서 나는 '음성 고추'는 우리나라 사람들의 입맛에 가장 잘 맞는 고추로 평가받는답니다. 음성 고추는 강한 향기와 매운맛이 있으면서도 단맛까지 있어요. 또 다른 지역 고추보다 껍질도 두껍지요. 그래서 음성 고추는 고춧가루로 만들 때 양이 더 많고 깊은 맛을 낸답니다.

 **음성 고추가 깊고 좋은 맛을 내는 이유를 알아볼까요?**

　　고추는 일조량이 너무 많으면 매운맛이 강해지고 반대로 일조량이 부족하면 싱거운 맛이 나요. 그런데 음성은 일조량이 적당해 고추가 좋은 맛을 내지요. 음성의 일교차가 큰 것도 고추 맛을 좋게 해요. 낮과 밤의 온도차가 크면 고추는 환경에 적응하기 위해 생리 작용을 활발하게 해요. 덕분에 고추에 영양분이 더 많이 쌓이지요.

　　음성에서는 이 맛 좋은 고추를 널리 알리기 위해 해마다 10월이면 축제를 열고 있답니다.

마음까지 다스려 주는 은은한 맛
보성 녹차

"술을 즐기는 백성은 망하고 차를 즐기는 백성은 흥한다."

조선 시대 이름 높은 실학자였던 정약용이 남긴 말이에요. 정약용은 누구보다 차를 좋아하고 즐긴 학자였지요. 그런데 사실 정약용이 차를 즐기게 된 것은 귀양을 떠난 다음부터였답니다.

정약용은 훌륭한 학자였지만 억울한 일을 당해 벼슬자리를 내놓고 귀양을 떠나게 되었어요. 정약용이 귀양을 간 곳은 바로 전라남도 강진이라는 곳이었지요.

"쉿, 괜히 저 선비에게 말을 걸다 우리도 나쁜 일을 당할지 몰라."

강진 마을 사람들은 귀양 온 정약용을 경계하며 그 누구도 정약용에게 말을 걸지 않았어요.

"하늘과 땅 사이에 나 홀로 서 있구나."

정약용은 귀양지에서 외로움을 달래기 위해 혼자 차를 끓여 먹기 시작했어요. 마침 정약용이 머물던 집 뒷산에 야생 차나무가 많이 자라고 있었거든요.

"아, 은은하다. 마치 안개를 머금은 것 같은 맛이구나."

차를 마시면 정신이 맑아지고 깨끗해져 언제부터인가 정약용은 차로 마음을 다스리기 시작했답니다. 그러고는 학문에 더욱 열심히 매달렸어요. 정약용은 자신의 호도 '다산'이라고 했어요. 다산은 차나무가 많아서 붙여진 뒷산의 이름이었지요. 그러니 정약용

이 얼만큼 차를 좋아하고 즐겨 했는지 잘 알 수 있겠지요?

차는 찻잎으로 만들어 먹는 음료예요. 녹차, 홍차, 우롱차 등 종류는 여러 가지이지만 모두 똑같은 찻잎으로 만들지요. 단지 찻잎을 발효시켰느냐, 발효시키지 않았느냐에 따라 차의 종류와 이름이 달라지는 것이랍니다.

홍차는 발효시킨 찻잎으로 만든 차예요. 차를 우려내면 붉은빛이 돌기 때문에 홍차라고 부르지요. 우롱차는 반만 발효시킨 찻잎으로 만든 차인데, 주로 중국에서 마시던 것이에요.

한편 녹차는 발효시키지 않은 찻잎으로 만든 차예요. 그 대신

찻잎을 증기로 찌거나 덖어서 쓰지요. 그래서 비타민이 덜 파괴되고 원래 찻잎에 들어 있는 몸에 좋은 성분도 고스란히 들어 있어요. '덖는다'라는 말은 찻잎을 볶을 때 쓰는 말이에요. 물을 붓지 않고 볶아서 익히는 것을 말하지요.

그럼 우리나라에서 차를 마시기 시작한 것은 언제부터였을까요? 고려 시대 김부식이 쓴 《삼국사기》라는 책을 보면 대강 짐작해 볼 수 있어요.

신라 흥덕왕 때의 일이에요. 당시 신라 조정의 신하였던 김대렴은 당나라에 사신으로 보내졌지요. 당나라에 간 김대렴은 처음으로 차를 맛보게 되었어요.

"아, 이렇게 따뜻하고 풍요로운 맛이 있다니!"

김대렴은 은은하고 따뜻한 차의 맛에 금세 반하고 말았어요.

"우리나라 사람들도 이런 차를 맛

볼 수 있다면 얼마나 좋을까?”

그렇게 해서 김대렴은 당나라에서 차 씨앗을 가지고 돌아와 임금에게 바쳤어요.

“그대가 참으로 훌륭한 일을 하였구나. 이 씨앗을 지리산에 심어 잘 가꾸도록 하라!”

바로 이때부터 우리나라에서도 차나무를 키워 차를 마실 수 있게 되었다고 해요.

그리고 오늘날 우리나라에서 차나무를 가장 많이 키우는 곳은 바로 전라남도의 '보성'이랍니다. 보성은 '차'하면 가장 먼저 떠오르는 곳이지요. 이곳에서 나오는 녹차는 우리나라 전체 녹차 생산량 중 40퍼센트를 차지할 정도예요.

그래서 보성에는 우리나라에서 차 밭이 가장 많아요. 비탈진 산마루마다 온통 녹색의 차 밭이 펼쳐져 장관을

이루지요.

"마치 녹색 융단을 깔아 놓은 것 같아요!"

"바람에서도 차의 향기가 나는 듯해요."

보성에서 이렇게 차가 잘 자라는 건 이곳의 자연조건이 차나무와 잘 맞기 때문이에요. 차의 맛과 색, 향이 모두 좋으려면 온도와 기후, 토양 등이 골고루 맞아야 하지요. 먼저 보성의 땅은 물 빠짐이 좋고, 밤과 낮의 기온 차도 커서 맛과 향이 더욱 뛰어난 차를 얻을 수 있어요.

그뿐만이 아니에요. 차나무가 잘 자라려면 날씨가 따뜻하고 한 해에 내리는 비의 양이 1,500밀리미터가 넘어야 돼요. 하지만 보성에 내리는 비의 양은 이것보다 훨씬 적답니다. 그런데도 불구하고 차나무가 잘 자라는 것은 보성의 특별한 기후 때문이에요.

보성은 해양성 기후와 대륙성 기후가 서로 만나는 곳에 자리 잡고 있어요. 그러다 보니 두 기후가 부딪혀서 아침저녁마다 안개가 많이 끼지요. 이 안개가 모자라는 비의 양을 보충해 주어 맛 좋은 차를 생산해 낼 수 있는 것이랍니다.

그런데 보성에 이처럼 커다란 차 밭이 이루어진 것은 우리 역사와도 관계가 깊어요. 고려 시대까지 우리나라 사람들은 차를 아주 즐겨 마셨다고 해요. 그런데 조선 시대에 들어서면서부터는 달라졌어요.

"조선은 유교를 따르는 나라다. 불교를 믿어서는 안 된다."

차를 마시는 것은 예부터 불교에서 마음과 정신을 수련하는 수행법으로 쓰이기도 했어요. 그런데 새 나라 조선이 들어서면서 불교를 억누르고 유교를 받들자 차 문화도 점점 사라지게 되었지요.

그리하며 차를 마시는 곳은 전라남도에 위치한 절과 몇몇 집들밖에 남지 않았어요. 하지만 차를 좋아하는 전라남도 사람들은 여기저기 흩어져서 자라는 야생 차나무를 몰래 찾아내 여전히 차를 즐겼답니다.

그리고 세월이 흘러 일제 강점기가 되었어요. 일본 사람들은 보성의 이곳저곳을 둘러보고는 무릎을 탁 쳤어요.

"이곳은 차를 키우기 딱 좋은 곳이오."

"여기 커다란 차 밭을 일궈서 대량으로 차를 생산합시다."

마침내 1940년 보성에는 인도산 차나무가 잔뜩 심어졌어요.

"몇 년 뒤에는 찻잎을 마음껏 얻을 수 있을 것이다."

그렇지만 얼마 뒤 우리나라는 해방이 되었고, 일본은 찻잎을 수확해 보지도 못하고 자기 나라로 물러갔지요. 그 뒤 보성의 차 밭은 한동안 버려지다시피 했어요. 하지만 우리나라에서 일본으로 차를 수출하게 되면서 다시 차 농사가 시작되었어요. 그리고 지금은 우리나라에서도 녹차의 인기가 많아져 보성 차 밭은 더욱 규모가 커지고 유명해졌답니다.

녹차는 맛이나 향도 좋지만 몸에도 좋아요. 녹차에는 비타민 시(C)가 많이 들어 있어서 피로 회복에 좋고, 비만이나 동맥 경화증, 고혈압 같은 성인병을 예방하는 데에도 효과가 있지요. 또 찻잎에 들어 있는 폴리페놀이라는 성분은 세균이 자라는 것을 막아 줘요. 그래서 녹차를 자주 마시면 입 냄새를 줄이고 충치도 예방할 수 있지요. 한편 떫은 맛을 일으키는 카테킨이라는 성분은 노화를 막고 탄닌이라는 성분은 항암 효과도 있다고 전해진답니다.

녹차가 인기를 얻으면서 요즘에는 녹차를 이용한 다양한 상품이 나오고 있어요. 녹차 음료수, 녹차 아이스크림, 녹차 비누, 녹차 화장품, 녹차를 먹인 돼지고기까지 셀 수 없을 만큼 다양하지요. 사람들의 사랑을 듬뿍 받는 녹차 덕분에 행복한 보성 사람들은 오늘도 이렇게 말해요.

"녹차를 마시면 건강이 좋아지고, 녹차 향기를 맡으면 마음이 좋아진답니다!"

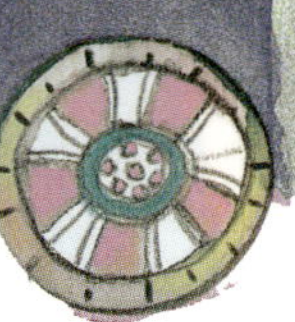

천안의 두 가지 특산물인
호두와 호두과자

고속버스나 기차로 여행을 갈 때 자주 먹게 되는 간식이 있어요. 바로 역이나 휴게소에서 쉽게 볼 수 있는 호두과자예요. 호두 모양을 닮은 호두과자는 천안에서 처음 생겨났대요. 천안에서 맛있는 호두가 많이 나다 보니 호두를 이용한 과자까지 탄생한 거예요. 그럼 천안으로 함께 여행을 떠나 볼까요?

 ## 천안의 호두가 특별한 까닭은 무엇일까요?

호두나무는 골짜기나 하천 근처 습기가 많고 기름진 흙에서 잘 자라요. 충청남도 천안시 광덕면 일대는 이러한 조건을 잘 갖추고 있는 곳으로 호두나무가 많이 자라지요. 천안에서 나는 호두는 다른 지역의 호두보다 껍질이 얇아요. 그래서 깨뜨리기가 쉽고 알맹이도 훨씬 크지요.

 **호두는 대보름날 먹는 대표적인 부럼이에요.**

호두는 밤, 잣, 은행, 땅콩 등과 함께 대표적인 부럼이에요. 우리 조상들은 대보름날 부럼을 깨물면 일 년 내내 부스럼이 나지 않고 건강하게 지낼 수 있다고 믿었지요. 실제로 호두는 피부 질환에 좋고 어린이의 두뇌 발달도 도와준다고 해요.

 **천안의 또 다른 특산물, 호두과자도 있어요!**

호두과자를 처음 만든 사람은 조귀금, 심복순 부부예요. 이 부부는 천안의 특산물인 호두를 이용해 과자를 만들어 보기로 마음먹었지요. 그리고 1934년, 천안역 근처에 작은 과자점을 열고 호두과자를 만들어 팔기 시작했어요. 호두 모양의 틀에 반죽을 붓고 팥 앙금과 호두 알갱이를 넣어 구운 호두과자의 인기는 정말 대단했지요. 그렇게 호두과자는 천안의 또 다른 특산물이 되었답니다.

모앙새가 정확하고 아름다운 그릇
안성 유기

"쯧쯧. 제기가 너무 낡고 볼품없어 못 쓰겠구나. 새로 맞추어야겠다."

제기로 쓰는 놋그릇을 꼼꼼하게 살피던 안방마님이 말했어요. 제기는 제사 때 쓰는 그릇을 말한답니다.

"이번에도 지난번처럼 안성에 가서 제기를 맞추어 오거라. 안성 것이라야 믿을 수 있으니 말이다."

"네, 잘 알겠습니다요. 마님."

하인들은 안방마님의 분부대로 제기를 맞추러 안성으로 갔어요.

"이보게, 특별히 맞추는 것이니 잘 만들어야 하네."

"걱정 마십시오. 저희만 믿으십시오."

안성의 유기장은 자신 있게 대답했어요. 놋그릇은 한자로 ‘유기’라고 했어요. 그리고 놋그릇을 만드는 기술자는 ‘유기장’이라고 불렀지요.

유기장은 하인의 부탁에 따라 놋그릇을 만들기 시작했어요. 하지만 하나하나 두드려 가며 정성을 다해 만들다 보니 속도는 더디기만 했지요.

“휴, 다 되었다. 어디 잘 만들어졌나 볼까?”

유기장은 다 만들어진 그릇을 물에 띄워 보았어요.

“이런, 한쪽이 기우는걸. 다시 손을 보아야겠다.”

유기장은 그릇이 마음에 들 때까지 몇 번이고 다시 고쳤어요. 이렇게 꼼꼼하게 만들어진 놋그릇은 안방마님의 마음에 쏙 들었답니다. 안방마님은 안성 유기장의 솜씨에 감탄했어요.

“역시, 믿은 대로구나. 안성맞춤이로다.”

안성 유기는 미리 만들어 놓고 장에 내다 파는 것과 이처럼 주문을 받아 만드는 것이 따로 있었어요. 이미 만들어 놓은 것은 ‘장내기’라고 하고, 주문을 받아 만드는 것을 ‘맞춤’이라고 하지요. 장내기도 좋지만 맞춤은 장내기에 비해 훨씬 비쌌기 때문에 그만큼 더 공을 들여 만들었다고 해요.

안성의 맞춤 유기는 생김새가 아담하고 작아 쓰기가 편해요. 게다가 어찌나 정확하고 아름답게 잘 만들었는지 안성에서 맞춘 놋그릇은 모양새가 한 치도 비뚤어짐이 없었답니다.

그 뒤 무언가 짝을 맞춘 것처럼 잘 맞는 물건이나 서로 어울려 잘된 일이 있을 때에는 ‘안성맞춤’이라는 말을 쓰게 되었어요. 안성에서 맞춘 유기처럼 딱 맞는다는 뜻이지요.

“날씨가 좋아서 등산하기에 안성맞춤인걸.”

“이 옷은 어머니께 선물하면 안성맞춤이겠다.”

이처럼 오늘날 흔히 쓰는 말이 된 것만 보아도 안성 유기가 얼마나 정확하고 아름다웠는지 알 수 있겠지요?

안성 유기를 파는 경기도 안성 장은 대구, 전주에서 열리는 장과 함께 ‘조선의 3대 큰 시장’으로 유명했어요. 안성은 충청도, 전라도, 경상도 지방 사람들이 서울로 올라오는 관문과도 같은 곳이었어요. 그러다 보니 이곳에는 없는 것이 없을 만큼 온갖 물건이 다 모여들었지요.

“안성 장에는 서울 장보다 두 세 가지가 더 난다.”

이런 말이 전해질 만큼 안성 장에 나오는 물건은 종류도 많고 질도 좋았답니다. 그런데 이렇게 큰 안성 장에서도 최고로 여기는 것이 안성 유기였다고 해요.

　안성 유기는 이처럼 품질이 높고 이름이 높았던 만큼 조선 시대에 임금에게 바치는 대표적인 공물이었어요. 하지만 이 때문에 안성 사람들은 고생을 하기도 했답니다.

　"올해도 안성 유기를 잘 만들어 한양의 임금님께 올리거라."

　한양에서 이러한 명령이 내려오면 안성 사람들은 더럭 겁부터 났어요.

“휴, 이번에는 또 몇 벌이
나 만들어야 될까?”

“스무 벌이고 서른 벌이고
계속 만들어야 할 거야.”

안성 사람들이 이렇게 겁
을 내는 건 당연했어요.
안성 유기가 워낙 좋다
보니 이곳에 부임해 온
벼슬아치들도 모두
안성 유기를 갖고 싶
어 했거든요.

‘옳지, 한양에서 주문이 내려
왔을 때 내 것도 만들게 해야겠다!’

현감과 군수들은 유기장에게 더 많은 유기를 만들게 했
어요. 그러고는 몇 벌만 한양으로 보내고 나머지는 자기들이
중간에서 가로챘답니다.

“도저히 안 되겠어. 너무 힘들어서 병이 날 지경이야.”

“공물에다 양반들 유기까지 다 공짜로 만들다간 굶어 죽

겠어."

안성 유기장들은 더 이상 견딜 수가 없었어요. 그러고는 한 가지 꾀를 내었어요.

"공적비를 세우면 어떨까?"

"그래, 우리가 벼슬아치의 공적을 미리 칭찬하면 우리를 괴롭히기 힘들 거야."

안성 사람들은 마을을 다스리는 바슬아치들이 바뀌어 새로 내려

올 때마다 무턱 대고 '영세불망공적비'를 세웠어요. '영세불망공적비'란 벼슬아치의 공적을 영원히 잊지 않기 위해서 세우는 비석을 말해요. 비석을 세우자 새로 온 벼슬아치들은 더 이상 뻔뻔하게 유기를 만들라고 하지 못했어요.

"이런, 공적비를 세워 놓았으니 유기를 더 만들라고 다그칠 수가 없잖아."

덕분에 안성 사람들은 더 이상 지나치게 유기를 많이 만드느라 고통을 당하지 않았다고 해요. 지금도 안성에 가면 그때 세워 놓은 공적비가 40여 개나 모여 있어요. 한 마을에서 나온 공적비로는 가장 많은 숫자라고 하지요.

안성 유기는 1960년대 이전까지만 해도 많은 사람이 이용하던 그릇이었어요. 유기는 황금빛이 돌기 때문에 고급스럽고, 따뜻한 음식을 담아 놓으면 오랫동안 온기가 유지돼요. 유기에 담은 밥이 유난히 맛있는 이유는 바로 이 때문이지요.

게다가 유기는 병균이나 농약, 먹어서는 안 되는 물질이 들어 있는지 그렇지 않은지 기가 막히게 알아내요. 만약 독이나 농약처럼 나쁜 물질이 들어 있는 음식을 담으면 유기는 푸르스름하게 색이 변하지요.

반대로 비타민이나 미네랄 같은 영양소는 다른 그릇보다 오래 지켜 줘요. 이런 여러 가지 이유로 예부터 음식은 유기에 담아 먹는 게 좋다고 생각했지요. 그런데 문제가 하나 있었어요.

"어, 언제 이렇게 색깔이 변했지?"

유기는 공기와 닿으면 거뭇거뭇하게 색이 변하기 때문에 자주 닦아 주어야 했지요. 거뭇해진 유기를 다시 황금빛으로 돌아오게 하려면 박박 힘을 주어 닦아야 했기 때문에 유기는 관리하기가 힘들었답니다.

그래서 새롭게 등장한 그릇이 스테인리스 그릇, 양은 그릇, 플라스틱 그릇 등이에요. 이처럼 사람들이 닦기 편하고 값이 싼 그

릇들만 찾자 유기는 점점 잊혀졌답니다. 그러자 안성에서 전통 방식으로 유기를 만드는 장인들도 거의 모두 떠나고 말았어요.

지금은 중요 무형 문화재 제77호로 지정되어 있는 유기장 김수영과 이봉주가 안성 유기를 만드는 전통 방식을 그대로 이어 나가고 있어요.

유기는 우리나라 사람의 심성을 닮은 공예품이라고 해요. 지난날 우리 조상들이 안성 장에서 안성 유기를 맞추어 놓고 가슴 설레며 기다렸던 것처럼 우리들도 전통 그릇을 사랑하는 마음을 계속 지켜 나가면 참 좋겠어요.

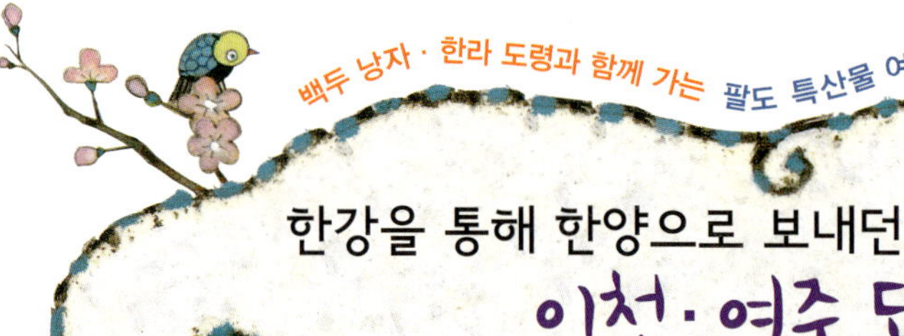

한강을 통해 한양으로 보내던
이천·여주 도자기

조선백자 하면 누구나 맑고 깨끗한 조선의 정신을 떠올려요. 순백색의 흙으로 빚은 다음 투명한 유약을 씌운 조선백자는 요란하지 않은 소박하고 차분한 멋이 그대로 드러나지요. 그런데 이렇게 아름다운 조선백자는 어디에서 주로 만들어졌을까요? 그곳으로 여행을 떠나 볼까요?

이천과 여주는 도자기를 만들 수 있는 좋은 환경을 갖고 있어요!

도자기를 만들려면 좋은 흙이 있어야 해요. 그런데 이천과 여주에는 점토, 백토, 고령토 등 좋은 도자기를 만드는 원료가 되는 흙이 넓게 깔려 있어요. 그래서 이곳에서는 청동기 시대와 삼국 시대부터 토기를 주로 만들었지요. 또 조

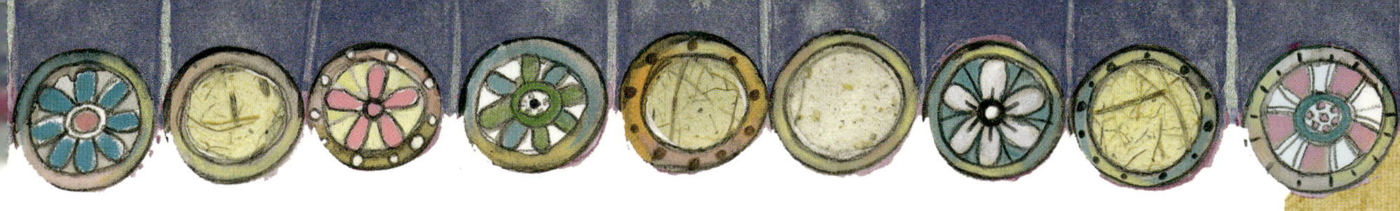

선 시대에는 조선백자를 많이 만들어 내는 중요한 도자기 생산지가 되었어요.

또 도자기는 가마에서 구워 완성하기 때문에 가마에서 쓸 땔감을 구하는 것도 중요한 일이랍니다. 이천과 여주는 땔감도 풍부해서 도자기를 만드는 데 더할 나위 없이 좋은 곳이었어요.

 **옛날에는 한강에 도자기를 실어 가는 배가 많았대요.**

이천과 여주에서 만든 도자기는 주로 한양 사람들이 샀어요. 그래서 한양으로 도자기를 옮겨 가야 했는데, 이때는 한강을 이용했어요. 이천과 여주는 한양에서 그리 멀지 않은 데다가 한강 뱃길을 이용하면 더욱 빠르고 안전하게 도자기를 보낼 수 있었거든요. 이런 좋은 교통 덕분에 이천과 여주에는 가마가 더 많이 들어서고, 또 더욱 많은 도자기를 만들어 내게 되었던 거예요.

이천과 여주가 있는 경기도에서는 지금도 여러 도자기 축제를 열면서 이곳이 세계적인 도자기 생산지라는 것을 부지런히 알리고 있답니다.

교과가 튼튼해지는

우리 것 우리 얘기

우리나라 각 지방의 특산물과 특산물에 얽힌 재미있는 이야기를 잘 읽어 보셨나요?

특산물은 그 수와 종류가 매우 많아요. 또 특산물에는 각 지방의 환경, 문화와 역사가 그대로 담겨 있지요. 그러니 앞으로 다른 지방으로 여행을 떠날 기회가 생기면 그 지방의 특산물을 함께 만나 보는 것도 참 좋겠지요?

그럼 우리나라 특산물을 좀 더 알아보고, 특산물을 생산해 내는 지역의 특별한 이야기도 들어 봐요.

우리나라 특산물을 더 알아보아요

앞에 나온 특산물 외에도 우리나라 곳곳에는 그 지방을 대표하는 훌륭한 특산물이 많이 있어요. 자, 그럼 보물 창고와 같은 우리나라 곳곳으로 특산물을 찾으러 여행을 떠나 볼까요?

이천 쌀

남한강이 흐르는 곳에 위치한 이천에서는 전국 최고의 품질을 자랑하는 쌀이 나요.

안성 포도

안성의 포도는 무척 달고 맛있어요. 덥고 비가 잘 오지 않은 안성의 기후 덕분이랍니다.

금산 인삼

금산은 1,500년의 역사를 가진 인삼의 고장이에요. 전국에서 나는 인삼이 모두 모이는 우리나라 최대의 인삼 시장도 열린답니다.

완도 김

완도는 바다가 깨끗하고 온도가 알맞아 김이 잘 자라요. 완도 김은 깨끗하고 질이 좋기로 유명하지요.

평창 옥수수

땅이 기름지지 않아도 잘 자라
는 옥수수는 험한 강원도 산에
서 많이 나요.

태백 고랭지 배추

배추는 서늘해야 잘 자라요. 높은
산이 많은 지역인 강원도는 여름
에도 서늘해 고랭지 배추가 나요.

영덕 대게

물이 차가운 동해에서 잘 잡히며
다른 나라보다 우리나라에서 잡히
는 게 더 맛이 좋답니다.

기장 미역

이곳은 바닷물의 흐름이 빠르고 깨끗
해 최고의 품질을 자랑하는 미역이
생산돼요.

제주도 제주마(조랑말)

예부터 제주도에서 키우던 말로 작지
만 튼튼해요. 땅이 평평하고 겨울에
도 춥지 않은 제주도에서는 가축을
기르기 좋답니다.

특산물이 나는 특별한 지역 이야기

한 지역에서 어떤 특산물이 나는 것은 우연하게 그렇게 된 것이 아니에요. 그 지역의 햇볕, 비의 양, 땅의 모양, 교통 등 여러 가지 조건이 적당하기 때문이지요. 특산물이 나는 곳의 특별한 조건을 알아볼까요?

햇볕과 비가 특산물을 결정해요

벼가 잘 자라려면 날씨가 덥고 비가 많이 내려야 해요. 우리나라에서 이런 환경을 가장 잘 갖춘 곳은 전라남도예요. 그래서 이곳은 우리나라 곡창 지대로 불릴 정도로 쌀을 많이 생산해요. 반면 사과는 햇볕이 쨍쨍 내리쬐고 비가 많이 내리지 않아야 달고 맛있어요. 그래서 사과는 비가 적은 경상북도의 특산물이 되었답니다.

벼

사과

바다가 특산물을 결정해요

바다가 있는 지역은 싱싱한 해산물을 듬뿍 얻을 수 있어 굴이나 오징어, 대게 등의 특산물로 유명한 곳이 많지요. 그중 굴은 사계절 내내 따뜻한 우리나라 남해안에서, 차가운 물과 따뜻한 물이 만나는 곳을 좋아하는 오징어는 동해안에서 많이 나지요.

오징어

굴

지형이 특산물을 결정해요

강원도는 땅의 경사가 심하고 산이 많아서 농사짓기가 아주 어려워요. 그래서 땅이 높고 험한 곳에서도 잘 자라는 감자나 옥수수가 특산물이 되었지요. 또 강원도는 석회석이 나는 특별한 지형을 가지고 있어요. 강원도 특산물인 석회석은 시멘트를 만드는 데 쓴답니다.

석회석

옥수수

감자

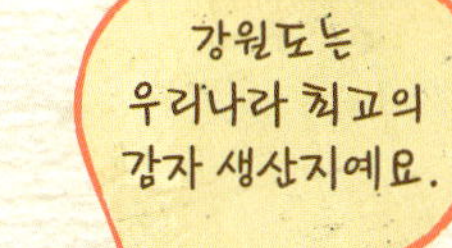

편리한 교통이 특산물을 결정해요

자연조건보다 편리한 교통이 특산물을 결정하는 경우도 있어요. 대표적인 것이 바로 꽃이랍니다. 꽃은 비닐하우스에서 많이 키우기 때문에 자연조건이 큰 영향을 주지는 않아요. 대신 싱싱한 꽃을 시들기 전에 시장에 가져가 빨리 팔아야 하기 때문에 교통이 편리한 서울이나 경기도 지역에서 많이 재배한답니다. 도자기는 자연조건도 중요하지만 깨지기 쉬운 도자기를 안전하고 빠르게 운반하는 교통도 중요해 경기도에 생산지가 몰려 있답니다.

꽃

도자기

국 국어 **사** 사회 **과** 과학 **도** 도덕 **음** 음악 **미** 미술
체 체육 **실** 실과 **바** 바른 생활 **슬** 슬기로운 생활 **즐** 즐거운 생활

- 신 나는 열두 달 명절 이야기 — 사 3-2 사 5-1 사 5-2 슬 1-2
- 관혼상제, 재미있는 옛날 풍습 — 국 1-2 국 4-1 사 3-2 사 5-2
- 조상들은 어떤 도구를 썼을까 — 국 2-2 사 3-1 사 5-1 사 5-2
- 옛날엔 이런 직업이 있었대요 — 국 5-1 국 6-2 사 3-1 사 4-2
- 꼭 가 보고 싶은 역사 유적지 — 국 4-1 국 4-2 사 6-1 사 6-2
- 신토불이 우리 음식 — 국 3-1 사 3-1 사 5-1 사 6-2
- 어깨동무 즐거운 우리 놀이 — 국 4-1 사 5-2 체 4 즐 1-2
- 나라를 다스린 법, 백성을 위한 제도 — 사 3-2 사 4-1 사 6-1 사 6-2
- 하늘을 감동시킨 효자 이야기 — 도 3-1 도 5 바 1-1 바 2-2
- 오천 년 지혜 담긴 건물 이야기 — 국 4-1 국 4-2 사 5-1 사 5-2
- 세계가 놀란 발명 이야기 — 국 3-1 국 5-2 사 3-1 사 5-2
- 빛나는 보물 우리 사찰 — 국 4-1 사 6-2 바 2-2
- 나라의 자랑 국보 이야기 — 국 5-2 사 6-1 사 6-2 바 2-2
- 나라를 지킨 호랑이 장군들 — 국 4-2 국 6-1 사 6-1 바 2-2
- 오천 년 우리 도읍지 — 국 4-1 사 5-2 사 6-1
- 하늘이 내린 시조 임금님들 — 국 6-2 사 5-2 사 6-1 바 2-2
- 옛날 관청과 공공시설 — 사 3-1 사 3-2 사 6-1 사 6-2
- 옛사람들의 우정 이야기 — 국 4-1 국 6-2 도 3-1 바 1-1
- 얼쑤, 흥겨운 가락 신 나는 춤 — 국 6-1 국 6-2 사 3-1 음 3
- 아름다운 독도와 우리 섬 — 국 2-1 국 4-1 국 5-2 사 4-1
- 본받아야 할 우리 예절 — 국 3-2 도 4-1 바 2-1 바 2-2

오십 빛깔 우리 것 우리 얘기 34

방방곡곡 우리 특산물

초판 1쇄 발행 | 2011년 9월 14일
5쇄 발행 | 2022년 12월 22일

글쓴이 | 우리누리
그린이 | 이종은

발행인 | 박장희
부문대표 | 정철근
제작총괄 | 이정아
편집장 | 조한별

디자인 | 조성이

발행처 | 중앙일보에스(주)
주소 | (04513) 서울시 중구 서소문로 100(서소문동)
등록 | 2008년 1월 25일 제2014-000178호
문의 | jbooks@joongang.co.kr
홈페이지 | jbooks.joins.com
네이버 포스트 | post.naver.com/joongangbooks
인스타그램 | @j__books

© 우리누리, 2011

ISBN 978-89-278-0133-7 14800
      978-89-278-0092-7 14800(세트)